KB139453

금욕적인 사창가

조동범 시집

시인

의

말

세 번째 시집을 묶는다.

늙지 않는 마녀처럼, 혹은 뱀파이어처럼,

나의 시가 영원한 젊음일 수 있기를 소망하며.

차
례
—

2부

3부

4부

해설

□ 한 연이 첫 번째 행에서 시작될 때는)로 표시합니다.

□ 이 시집의 제목은 프랑스 사진작가 브라사이(Brassai)의 작품 〈A Monastic Brothel〉(1931)에서 가져왔습니다.

1부

금욕적인 사창가[*]

당신은 눈물조차 흘리지 않는다. 버려진 콘돔과, 무감각한 당신의 마지막 자세가, 물끄러미 당신을 바라보고 있다. 어느덧 오전 6시는 밝아오는가. 당신의 마지막 자세는 고개를 돌려, 남자가 빠져나간 자리의 텅 빈 허공을 감각한다. 바람이 불어오면 그곳에서, 휘파람은 오래전의 유적처럼 흐느끼고 있구나. 어느덧 오전 6시는 다가오고, 거룩하고 성스럽게 아침은, 여전한 어둠을 웅성거린다. 당신의 절정은 언제나 절제되어 있으며, 당신의 어제는 금욕적인 휴일 오전을 예비하며 무감각한 절망에 침묵할 뿐이다. 버려진 콘돔으로부터 당신의 마지막 자세는, 비릿한 절정의, 마지막 순간을 반추한다. 느리게 발기되는 성기처럼, 휴일 오전은 쉽게 도래하지 않는다. 정체된 고속도로마다 휴일 오전의 지리멸렬은 시작되고, 당신의 마지막 자세로부터, 열린 창문과 흔들리는 커튼은 이윽고 나른한 오전을 배회하고 싶어진다. 그것은 금욕적인 휴일 오전이고, 당신의 마지막 자세는 금욕적인 모든 관계와 피크닉을 상상한다. 휴일 오전마다의 피크닉은 찬란한 하늘과 금욕적인 해안선의 한 끼 식사를 마련할 것이다. 신파처럼 한 모금의 담배는 피어오르는가.

당신의 마지막 자세만이 침대 위에서 고요히 울음을 터뜨리고 있구나. 그것은 아침상의 생선구이처럼, 혹은 미역국처럼, 그리고 흰쌀밥처럼 홀로 그곳에 남겨진다. 지리멸렬처럼 놓인 수건을 마지막으로 금욕적인 휴일 오전은 비롯될 것이다. 당신의 마지막 자세는 아무렇게나 버려진 금욕적인 휴일 오전을 위해 바쳐지고, 그것은 비릿한 콘돔이거나 생선구이, 혹은 미역국, 그리고 흰쌀밥.

* 프랑스 사진작가 브라사이(Brassai)의 작품 〈A Monastic Brothel〉(1931).

어른 어른 그리고 어른

당신이 나의 오랜 연인이었으면 좋겠다고 생각한다. 해변의 모텔에서 나는 당신의 어린 연인. 당신이 나의 심장을 어루만질 때 느닷없이 나의 가슴은 솟아오른다. 제단에 바쳐진 한 마리 양의 피가 초원에 뿌려지는 꿈을, 나는 꾼다. 먹구름은 고단한 음성을 내뱉으며 한숨처럼 몰려오고, 당신은 나의 성기를 만지며 쉽게 달아오른다.

예언자는 어느 곳에 순결한 피를 바치는가. 당신과의 절정이 생각나, 나는 미칠 것만 같고, 아름다운 리아스식 해안의 모텔 침대에 누워 당신의 손을 잡는다. 채 자라지 못한 나의 음모와 무성한 당신의 음모가 만날 때 드라마는 시작된다. 주인공들의 사랑은 아름다우며 삼류들의 갈등은 정해진 결말을 향해 행복을 예고하는가.

당신과 나는 드라마를 믿지 못한다. 예언자의 주술처럼 이끌리는 피의 전언도 물론 믿지 않는다. 휴일 오전의 해변 모텔에서 당신은, 그저 내게 미끄러져 들어오고 나는 오로지 담배를 피울 뿐이다. 한쪽 벽에 걸린 교복 치마는 나를 물

*끄*러미 바라보며 피학의 절정을 감각한다. 가랑이진 곳으로부터 무수히 많은 당신들은 나를 핥는다. 휴일 오전이고, 해변에는 자살한 연인들의 시신이 밀려오기도 한다.

해변의 방풍림이 타오르면 검은 해로부터 어둠은 새어 나온다. 교복을 입은 내가 해변 모텔의 현관을 나설 때, 당신은 내게 손을 흔들지 않는다. 기약할 수 없는 검은 해는 이제 천천히 어둠을 거두어들이고 있다. 타오르는 숲을 향해 나는 달려가고, 당신은 가랑이진 나로부터 어른 어른, 공명음처럼 텅 비고 유령처럼 사라진다.

male

그것은 무너질 수 없는 순간으로부터 시작됩니까. 카스트라토의 음역이 당신을 호명할 때, 이윽고 저녁은 기억할 수 없는 예언을 복기합니다. 그것은 크리스마스 트리입니까. 아니면 오래전에 침몰한 누군가의 당신들입니까. 사건의 지평선에 갇힌 여성을 예감할 때, 오래도록 느려지는 지평선의 경계는 어둠입니까. 아니면 영원히 맞이할 수 없는 당신들의 저녁입니까. 그리하여 그것은 오래전에 당신을 향해 걸어 들어간 누군가의 이복입니까. 사건의 지평선을 노래하며 카스트라토는 부풀어 오르지 않는 가슴을 잠시 슬퍼합니다. 다시는 만날 수 없는 당신들은 사건의 지평선을 흐느끼고 있습니까. 당신을 향해 사건의 지평선은 오래도록 느려지고, 모든 것을 감추고 어두워집니다. 책장에는 페이지를 넘길 수 없는 시집들이 가득하고, 창공에 가득한 별들을 떠올리는 당신은 그리하여 누구입니까. 완고한 아버지의 음성은 어디에 있습니까. 아들의 심장을 찌른 아버지는 피 묻은 칼을 씻으며 저녁 식탁의 완전한 행복을 떠올립니다. 가슴을 풀어헤치면 그곳은 무덤입니까. 아니면 당신을 기약하는 미래입니까. 텅 빈 무대 위로 누군가는 뚜벅뚜벅 걸어갑니다. 수많은 당신들은 아침이 와도 소환될 수 없습니다. 곰장어를 굽는 포장마차에서 이별을 앞둔 연인들은 눈물을 흘리고 있습니다. 텔레비전 연속극이 시작되는 순간이었고, 어머니는 더 이상 밥을 짓지 않고 연인들은 이제 손을 잡지 않습니다. 지평선을 사이에 두고 우리는 만날 수 없는 서로의 미래만을 예감합니다. 시간이 점점 느려지는 그곳에서 당신은 정물처럼 고요히 움직일 수 없습니다. 막차가 끊긴 지하철역에는 누구도 도착할 수 없습니까. 그리하여 카스트라토의 음역은 오래전에 거세당한 당신들의 이야기를 이미 잊었습니까.

300,000m

　당신은 지구와 이별을 고한다. 세계의 평화를 위해 당신의 우주선은 안전하므로, 당신은 해변의 낭만을 떠올리며 그녀들과의 하룻밤만을 오로지 추억한다. 그녀들의 성기는 아름답고, 당신의 후각은 지구로부터의 300,000m를 가늠하며, 그녀들 중의 냄새 하나를 간단히 기억해낸다.

　당신의 비행을 축하하는 항공우주국의 정부情婦는 추잉껌을 씹으며 당신과의 밀애를 꿈꾼다. 당신과의 미래를 꿈꾸는 당신의 정부, 당나귀를 타고 떠나는 히말라야를 상상하며 오래도록 행복하다. 당신의 정부는 *세르파가 만들어주는 네팔식 닭고기볶음을 먹어야지*라고, *세르파스튜를 앞에 두고 사랑을 속삭여야지*라고 다짐한다.

　당신의 궤적을 따라 삼류들의 국가와 모든 부조리한 국경과 불온한 음모가 펼쳐졌지만 폭풍의 문양은 건조하게 아름다웠고, 당신은 국경이 사라진 지표로부터 기하학을 떠올릴 뿐이다. 지상으로부터 멀어지며, 당신은 문득 항공우주국의 풍요롭고 한가로운 저녁 만찬을 회고한다.

　히말라야의 당나귀들은 여전히 고산의 원시를 오르내렸지만, 그것은 너무나 먼 곳의 이야기였으므로 당신의 눈에는 영원히 보이지 않았다. 우주선에서 바라보는 몇 개의 국가가 황폐한 일몰 쪽으로 사라지고 있다. 우주선의 창밖으로 지구는 평화롭고, 당신은 오로지 그녀들의 성기만을 회상하고 있다.

탐미

정부군과 반군의 교전이 시작되면 시가지는 죽은 자들의 음성으로 평화롭다. 호텔 침대에 누운 당신과 나의 몸이 천천히 달아오를 때, 반군에게 점령당한 방송국의 아나운서는 최후의 날들을 고백하기 시작한다. 당신과 나의 몸은 먼 곳으로부터 들려오는 포성을 두근거리며, 죽은 자들을 추모하지 않는다. 정부군과 반군의 교전이 시작되면

당신이 탐닉하는 나의 가슴은 어느덧 두근거리는 총성을 돌아보며, 숨죽인 오후를 흐느낀다. 당신은 테이블 위의 물잔을 떨어뜨린다. 절정에 다다른 순간 총에 맞은 정부군의 마지막이 들린 듯도 하였지만, 그것은 사소한 개인사로 기록될 뿐이지.

태양은 거대하게 몰락하며 창백한 총신을 흐느낀다. 뉴스의 자막에 참수당한 자들의 시신들은 떠오르지 않는다. 밀림은 멀고, 호텔 방에서 바라보는 총성은 그저, 무의미한 죽음들을 아름답게 복기할 뿐이다. 당신은 나의 삶을 파고들며, 매장된 정부군의 묘비명을 떠올려보기로 한다.

다리는 폭파되고, 건너지 못한 자들의 음성들을 바라보며 당신은 조금 더 가까이 나를 품에 안는다. 당신이 나의 가슴을 움켜쥔 채 마지막 자세가 되어갈 때, 정부군과 반군의 총성은 절정을 향해 죽음을 배치한다. 피살된 특파원은 일어설 줄 모른다.

아침에 눈을 뜨면 어느새 당신은 존재하지 않을지도 모른다. 텅 빈 침대와 정부군의 묘비명. 참수당한 자의 감은 눈과 당신과의 절정 따위를 생각하며 나는, 조금은 서글퍼지기로 한다. 당신은 나를 오래도록 품에 안는다. 총성이 그치고, 한 줌 석양이 툭, 아무렇게나 쏟아진다.

수음

그것을 무미라고 이야기해야 하는가. 시침은 오래도록 오후 3시만을 회고하고, 창틈으로 새어 들어오는 휴일은 평화롭기 그지없구나. 이곳은 텅 빈 방이고, 텅 빈 방은 샤워를 마친 당신의 적막한 발자국이나, 당신의 자세처럼 구겨진 침대, 혹은 의자에 앉아 담배를 피우거나 절정을 흐느꼈던 당신을 그저 떠올리기로 한다. 샤워기에 맺힌 적막이 천천히 방 안을 배회하기 시작하면, 비릿함은 이내 소문처럼 부풀어 오르며 거대한 무덤을 흐느끼기 시작한다. 그리하여 절정의 감각은 비릿하게 말라가며, 한물간 에로 배우의 스캔들과 벌거벗은 애인들의 늙지 않는 성기들을 떠올린다. 텅 빈 방은, 외롭고 쓸쓸했던 순간만을 고백하고 싶어진다. 한물간 에로 배우의 헐벗은 페이지가 당신의 절정을 바라보는 것을 마지막으로, 적막은 그렇게 기원을 시작했다. 따사로운 햇살이 아무렇게나 쏟아진 비릿함을 어루만지면, 텅 빈 방은 오래도록 침묵하고, 샤워를 마치고 나온 애인의 음성이나 끓고 있는 찌개 따위는 이제 기억조차 나지 않는다. 공영방송의 아나운서가 뉴스를 마무리해도 그곳은 여전히 텅 빈 방일 뿐이고, 이제 비릿함을 말리며 텅 빈 방은 문득 외로움이나 홀로 죽어가는 순간 따위들을 폐기하고자 한다. 창문은 열려 있고, 단호하게 닫힌 현관을 바라보며 텅 빈 두려움은 절정의 감각을 비릿하게 웅성거릴 뿐이다. 절정은 어느덧 그 누구도 떠올릴 수 없는 오늘 밤을 절망하기로 한다. 오후가 천천히 창문의 이편을 거두어들이며 물러서면 어둠은 이윽고 텅 빈 방을 출렁이기 시작한다. 한물간 에로 배우의 페이지를 마지막으로 텔레비전 뉴스는 내일의 날씨를 예고한다. 바람이 불어오면 비릿함은 물러서는가. 텅 빈 방은 무감각한 어둠 속에 누워 있는 헐벗은 에로 배우만을 떠올리기로 한다. 그래, 침대 위에 펼쳐진 페이지로부터 절정은 시작되었고 벌거벗은 그녀들은 끊임없이 허공을 유혹했었다. 그녀들이 바라보는 곳에 덮을 수 없는 과거사는 회고되는지 텅 빈 방은 문득 궁금해진다. 비릿하게 밤은 깊어가고, 절정을 감각하던 텅, 빈 방의 적막은 그러나 두려움은 아닐 것이다.

틸라푸쉬[*]

휴양지의 해변이 석양에 물들고 있어요. 발코니에 누워 바라보는 황금빛 일몰은 따사롭고요. 퇴역한 해군 제독은 기억나지 않는 전투와 이국의 해안가를 떠올리고 있어요. 석양은 물들고 휴양지는 아름다워요. 이국의 소녀와 함께 아름다운 밤은 깊어만 가고요. 소녀는 온 힘을 다해 제독의 정액을 받아내고 있어요. 소녀의 사타구니에서 흘러내리는 정액은 닦아내고 닦아내도 씻을 수가 없어요. 적란운은 피어오르고 수평선 너머로 유람선은 오래도록 정박하지 않아요. 정액을 닦아내며 소녀는 친절하고요. 옷걸이에 걸린 제복에서는 지워지지 않는 화약 냄새가 피어올라요. 한순간의 섹스와 가벼운 샤워와, 샤워 뒤의 맥주는 한가롭고 여유로워요. 소녀가 일어서면 정액이 묻은 휴지는 폐기될 거예요. 휴양지는 아름답고요. 모든 더러움은 알 수 없는 곳을 향해 은밀하게 유폐되고 말아요. 버려진 추억들은 더럽고 냄새나고 쓸모없는 것들뿐이고요. 폐기된 해안선을 따라 침출수는 철저하게 관리되고 있어요. 바람은 휴양지의 일정에 따라 정교하게 조절되고요. 해류는 예정된 곳에서 흘러오고 흘러갈 뿐이에요. 바람이 불어오면 소녀는 언제나처럼 옷을 벗고 지워지지 않는 정액을 닦아내고 있어요. 퇴역한 해군 제독은 뉴스를 시청하며 완벽한 수면에 이르고요. 휴양지의 의자마다 이국의 날들은 눈부시게 저물고 있어요. 장작은 피어오르고, 절정은 이미 극에 달했어요. 휴양지의 이면은 완벽한 휴양과 미래를 위해 잊히고요. 해변은 눈부시고, 태초의 그때를 호명하며 휴양지는 언제나 순결한 소녀의 성기만을 어루만지고 있어요.

* 몰디브의 리조트에서 나오는 쓰레기를 버리기 위해 인공적으로 조성한 섬.

기항

　당신의 헐벗은 가슴으로부터 기항은 시작된다. 이국의 구름은 아름답게 수평선을 어루만지며 사라지고, 해안선을 향해 난파선은, 끊임없이 밀려오고, 사라지고, 이윽고 흐느낀다. 여름은 가고 겨울은 시작되었는가. 그러나 눈이 오지 않는 기항지는 여전히 낯설고, 이국의 당신이 내지르는 교성을 음각하며 기항지의 밤과 낮은 천천히 해변을 서성인다. 당신의 가슴을 어루만질 때, 어젯밤과, 오늘 밤과, 내일 밤은 쉬지 않고 과거를 향해 폐기된다. 적도 인근의 폭풍우와 수평선 너머로부터 불안은 잉태되는가. 외항선은 지나온 항로를 복기하며, 기항지의 어시장과, 어시장의 지느러미와, 해변의 호텔에서 들려오는, 국경일의 비릿한 군락을 바라보고 있다. 기적汽笛은 울리지 않고, 기항지의 꽃은 겨울이 와도 시들지 않는다. 항구의 오래된 호텔 창문으로 바람은 불어오고, 당신의 헐벗은 가슴을 어루만지며 저녁 해는 어느새 수평선을 흐느낀다. 비는 내리지 않는가. 눈이 오는 고향 마을의 해변과 타오르는 방풍림을 떠올리면 악몽은 사라지는가. 저녁이 오면, 이국의 당신은 여전히 고요하고, 열린 창문으로 기항지의 기억들은 망각을 거듭할 것이다. 침몰을 거듭하는 항로를 떠올리며 흘수선은 수면 아래 웅크린 채 침묵을 거듭할 뿐이다. 내일 아침이면 그 무엇도 기억나지 않을 것이라고 누군가는 중얼거린다. 적도 인근의 폭풍우와 적막한 수평선 너머를 지나 기항지의 밤이 시작되고, 헐벗은 당신의 가슴은 한없이 부풀어 오른다. 당신의 안으로 미끄러질 때, 어시장의 상인들은 일제히 생선의 아가미를 호흡한다. 석양을 받아 빛나는 어시장의 지붕은 황폐한 지느러미를 예고하는가. 기항지의 마지막 밤이 시작되면, 선창의 술집들은 늙어버린 선원들의 무용담을 침묵하기 시작한다. 캄캄한 바다로부터 여전히 바람은 불어오고, 호텔의 당신은 헐벗은 심박을 두근거리며 오늘 밤을 사랑한다. 당신의 그곳으로 들어설 때, 누군가는 당신을 애써 잊으려 한다. 기항지의 밤과 난파된 배들의 이야기는 그렇게 잊히고, 사라지고, 갑판 위의 세이렌은 투신을 거듭하며, 오래도록 당신을 노래한다.

소녀들

당신의 서사는 더 이상 두렵지 않습니다. 카펫이 깔린 호텔 복도를 걸을 때마다 가슴은 두근거리고. 방과 후의 서사를 떠올리며 나는, 당신이 누군지 궁금합니다. 첫 페이지를 넘기면 방 안에 벌거벗은 당신은 있습니까. 당신의 방문 앞에 서면 아문센의 극점과 돌이킬 수 없는 최후는 이제 온전히 나의 것이 됩니다. 그것은 저물지 않는 극지의 밤과, 한 잔의 위스키와, 실패한 북동항로입니까. 침대 위의 당신이 나를 안을 때. 방과 후의 금지된 서사는 흘러나옵니다. 삼 일 밤 삼 일 낮이 지나가도록, 어느덧 나는 북동항로의 아문센과 극지에서의 최후를 상상합니다. 오래전에 늙어버린 자궁처럼 나는, 당신을 받아들이고, 어느새 늙어버린 당신의 성기를 마주하게 되면, 잠시 고독에 빠지기도 합니다. 그것은 가을의 낙엽 따위는 아니었지만 가을날의 어느 아침 같다고, 나는 문득 생각합니다. 그러면 그것은 신파입니까. 아니면 사랑입니까. 당신의 그것은, 당신의 방문을 열고 들어서는 순간처럼 느닷없이, 나의 내부를 낯설게 속삭입니다. 룸서비스의 음식들은 순식간에 식어버린 지 오래. 펠리컨은 날아옵니까. 아니면 구관조가 나의 음성을 기억합니까. 앵

무새는 너무 흔합니다. 어쩌면 당신이 누군지 나는 궁금하지 않습니다. 당신의 성기를 입에 물면, 그것으로부터 나의 이야기는 흘러나옵니까. 당신은 침대에 누운 채, 오래전에 잊힌 방과 후의 벌거벗은 이야기를 떠올립니다. 그것은 폭설입니까. 아니면 물러설 수 없는 극점입니까. 침대 위의 당신이 방과 후의 나를 안을 때, 물러설 수 없는 역사는 시작됩니다. 그리하여 늙은 개들은 극지에서 비로소 죽음을 맞이하고, 어쩌면 그것은 삼 일 밤과 삼 일 낮의, 끝날 수 없는 절정과 마주합니다.

스캔들

하늘은 이종의 구름으로 가득하고, 서로 다른 높이에서 구름은, 부조리한 연인처럼 달아오르며, 어느덧 사라지려 한다. 당신은 해변을 달리는 자동차에 앉아, 덧없는 모든 것에 대해 천천히 중얼거린다. 사랑을 나누고 홀연히 사라진 연인처럼 석양은 여전히 아름답고, 석양에 물든 이종의 구름은 뜨겁게 달아오르며 음험한 어둠을 향해 발걸음을 옮긴다. 어디에선가 모래 폭풍은 몰려오고 있는 중이리라. 연인들은 단지 국도변의 모텔에서 구름처럼 피어오르고 사라지려 한다. 그것은 두려움인가 허상인가. 아니면 부조리한 파국인가, 단 하나의 사랑인가. 그리하여 그것은 이종의 구름이 하나의 하늘에 펼쳐질 때처럼 불확실한 날씨를 예보하는가. 당신의 자동차는 아름다운 수평선과 구름의 소멸을 흥얼거린다. 모든 구름은 쉽게 피어오르고 사라진다는, 당신의 굳은 신념은 흔들리지 않는다. 국도변의 우편함은 부조리한 편지들로 넘쳐나지만, 그런 날이면 구름은 당신의 신념처럼 소문도 없이 피어오르고 그저 사라질 뿐이다. 이종의 구름이 하나의 높이를 이루는 불가능 앞에서, 주유소의 개들은 병사를 거듭하고, 자살한 기혼자들의 사랑은 타블로

이드판 지방신문의 귀퉁이를 마지막으로, 비밀결사의 굳은 신념을 무너뜨리기 시작한다. 연인들의 사랑은 아름다운가 그렇지 않은가. 타블로이드판 지방신문을 읽어 내리던 노인의 뺨 위로 느닷없이 눈물은 흐른다. 그것은 사랑인가 아닌가. 수평선 너머로 석양은 몰락을 거듭하며 창백하게 빛난다. 돌이킬 수 없는 파국을 예감하며 당신은, 이종의 구름과 하나의 높이를 읊조리기 시작한다.

15세

　저녁이 오면 나는 어느덧 혼자입니다. 침대에서 일어나 죽어버린 나로부터 내가 걸어 나오면, 그곳에 타오르는 죽음은 비로소 참혹합니다. 타오르는 나의 뺨을 내가 어루만질 때. 불길은 숨 막히는 죽음의 순간을 완성합니다. 열린 창문으로 바람이 불어오면 불길은 차갑게 소용돌이치고, 그리하여 이 순간 나는 어느덧 죽었습니까. 채 자라지 못한 가슴은 두근거리고, 내 안에 미끄러져 들어오던 당신의 절정은 죽음을 음모하며 사라지고 없습니다. 부드러운 당신의 손을 떠올릴 때, 교살당한 마녀처럼 저녁은 두려움을 떠올립니다. 모텔 창문 밖으로 여학생들은 깔깔거리며 지나가고, 하굣길의 여학생들이 집으로 돌아가면, 그곳에 죽어버린 나는 어디에도 없습니다. 철길마다 오래전에 죽어버린 나의 소녀는 울음을 그칠 줄 모릅니다. 그것은 불행한 밤입니까. 아니면 숨 막히는 절정입니까. 저녁이 오면 여전히 나는 혼자입니까. 교살당한 나의 몸이 타오를 때, 가랑이진 곳으로부터 숨 막히는 매음이 교성을 내지를 때, 나로부터 걸어 나온 나는 비로소 죽음을 흐느낍니다. 가랑이진 나의 절정은 이단입니까. 불길이 어느새 침대와 커튼, 벗어놓은 교복 치마를 태우며 타오를 때, 당신은 어디에 있습니까. 마지막 순간에 흘렸을 숨 막히는 나의 눈물은 여전히 불길 속을 서성입니다. 당신의 손은 희고 아름답습니다. 타오르는 불길을 흐느끼며 불우한 저녁은 시작되고, 저녁이 오면 아직도 나는, 혼자입니다.

키스

당신과 나의 혀가 맞닿으며 오래된 추억은 회고됩니다. 그리하여 파도는 밀려오고, 우리의 파국은 쉽게 감지되지 않습니다. 해변으로부터, 불온한 피를 뚝뚝 흘리는 시신들이 걸어 나오면, 바다의 농도는 이해할 수 없는 피의 문양으로 가득 차오릅니다. 당신과 나의 발목에는 피의 문양이 음각되고, 물러설 수 없는 사랑의 파국을 떠올리며 우리의 혀는 감지할 수 없는 어느 지점을 탐닉합니다. 불길함에 발을 담근, 당신의 얼굴은 오래전에 인화된 흑백사진처럼 천천히 사라지지만, 나는 곧 당신이고, 당신의 황폐한 내력을 여전히 나는 서성입니다. 석양은 오래도록 사라지지 않고, 헤어진 연인들처럼 우리는 눈물을 흘립니다. 해변의 석양을 배경으로 나누던 키스는 오래지 않아 소멸에 이를 것이지만, 최선을 다해 우리의 키스는 사랑을 속삭이고 있습니다. 나의 혀가 당신의 혀로 전이될 때, 당신의 절정이 나의 절정으로 환원될 때, 당신은 오래전에 헤어진 애인을 떠올리며 파멸에 이른 오르가슴을 소환합니다. 사랑은 충만하고, 우리의 키스는 입안 가득 말라가며 희미해지는 순간을 더듬습니다. 당신과 키스를 나누며 나는 숨조차 쉬지 못하고, 몸 안의 산소가 희박해지며 새로운 세계는 펼쳐집니다. 당신의 숨과 나의 숨이 맞닿으며, 우리는 기억나지 않는 전생을 영원토록 잊지 못합니다. 전생을 생각하면 언제나 눈물이 난다고, 당신은 속삭입니다. 당신의 혀가 나의 혀를 휘감고, 오래도록 우기雨期는 끝나지 않습니다. 수평선을 위무慰撫하며 적란운은 피어오릅니다. 해변에는 온몸의 피가 빠져나간, 맑고 투명한 시신들이 명징하게 떠오릅니다. 바다는 이해할 수 없는 피의 문양으로 가득 불길하고, 우리는 키스를 나누며 그 해변을 오래도록, 첨벙첨벙 서성입니다.

월요일

　당신은 갑자기 지금을 기록하고 싶어진다. 지금은 저물녘의 황혼이고 해변이며, 역전에는 아름다운 소녀들의 처녀들이 서성인다. 거리는 비현실적이고 소녀들의 젖가슴은 충분히 부풀어 오른다. 그래, 당신은 지금을 오래도록 기록하고 싶어진다. 지금은 탐미의 순간이고, 그렇게 지금은

　시작된다. 당신은 역전의 광장에서, 바람에 흩어지는 월요일 오후의 찬송을 바라보고 있다. 성도들의 음역이 한 옥타브 올라갈 때마다 더러운 한 떼의 비둘기는 날아오른다. 오늘 밤은 아무것도 예비할 수 없고, 소녀들의 가랑이진 저녁으로부터 불온한 소문은 비롯된다. 그리하여, 당신은 갑자기 지금을 기록하고 싶어진다.

　아름다운 소녀들의 처녀들이 눈을 감았다 뜰 때, 오래전에 잊힌 폭설이 침묵을 거듭할 때, 소녀들이 서성이는 아름다운 저녁은 군더더기 없이 저물기 시작한다. 그것은 지금이고, 매혹적인 담배 연기와 함께 오래전에 실종된 아이들의 전단지만이 역전 광장을 홀로 서성인다. 지금은 저물녘

의 황혼이고 해변이며, 역전에는 영원히 돌아갈 수 없는 소녀들의 처녀들로 가득하다.

그것은 지금이고, 누군가는 열차를 향해 투신을 거듭한다. 편의점을 나온 회사원이 소녀들을 지나칠 때, 교복 치마 아래로 드러난 맨살은 눈부시게 오늘 밤을 탐문한다. 당신은 지금을 기록하고 싶어진다. 그것은 소녀인가 해변인가 아니면 황혼의 해안선인가. 지금 막 승강장으로 들어서기 시작한 열차는 멈추지 못한다.

승무원의 눈동자는 무엇을 맞닥뜨리며 경악을 거듭하는가. 황혼이며 해변이며, 아름다운 소녀들의 젖가슴은 이윽고 오늘 밤에 당도하는가. 당신은 갑자기 지금을 기록하고 싶어진다. 지금은 저물녘의 황혼이고 해변이며, 그리하여 소녀들은 집으로 영원히 돌아가지 못한다.

오전 11시

　침대는 어느새 당신들의 텅 빈 체위가 되어 물끄러미 오전 11시를 바라보고 있다. 바람은 불어오고, 커튼 사이로 따사로운 햇살은, 어느덧 적막강산이다. 열린 방문으로부터 비릿한 당신의 체취는 흘러나온다. 당신의 체액이 미끌거리며 연인의 내부를 감지할 때, 당신들의 사랑은 완성되는가. 당신들은 이 방을 떠나면서도 확언할 수 없는 소멸을 떠올렸는가. 구겨진 이불을 어루만지며 오전 11시는 이윽고 울음을 터뜨리는가. 방바닥을 뒹구는 수건으로부터 당신의 체취는 뚜벅뚜벅, 방 안을 서성인다. 당신의 머리카락인가. 연인의 머리카락인가. 당신을 감각하던 연인이 깊은 잠에 빠진 것처럼, 그것은 평화롭고 고요하다. 그리하여 때로는 파국이고, 때로는 절정인 순간이 지나가면, 어김없이 오전 11시는 찾아온다. 욕실에는 당신들의 음모만이 남아 불안한 미래를 떠올리는가. 거울 속에서 당신들은 아직도 오전 11시가 도래한지 모른 채 흐느끼고 있는가. 얼룩진 거울마다엔 머리를 말리며 당신을 돌아보지 않던 연인이 흐느끼고 있다. 절정은 오래지 않아 끝이 난다고, 오전 11시는 텅 빈 방 안을 서성이며 중얼거린다. 지금으로부터 오전 11시

는 시작되고, 어느덧 당신들의 텅 빈 체위는 적막하게 흐느
낀다. 그것은 이별이었나 사랑이었나. 당신의 체액이 미끌
거리며 연인의 내부를 감지할 때. 그리하여 사랑은 시작되
고, 사랑은 끝이 나고, 적막한 오전 11시에 걸터앉아 당신의
체액은 천천히 마르고, 바스라지고, 사라진다.

매춘부의 사생활

어느 날의 저녁이 시작되는 순간 나는 거울 앞에 앉는다. 성직자의 음성처럼 저녁은, 꿇어앉은 무릎을 호명하며 늙어가고, 몰려오는 어둠을 예감하며 해안선은 황폐한 소문처럼 사라진다.

거울 속의 나는 문득 고개를 돌려 해안선의 소문과 성직자의 음성처럼 들려오는 저물녘을 거두어들인다. 거울 속에, 피우다 만 담배, 구겨진 맥주캔, 거울 속의 저녁을 비춰주던 백열등 따위는 존재하지 않는다.

오후 4시에 멈춘 시계가 처음처럼 거울 밖의 나를 바라보고 있다. 멈춰버린 오후 4시 앞에서 저물녘의 태양은 잠시 머뭇거린다. 거울 속에 화초가 있고, 여행 안내서의 남태평양은 출렁인다.

어느 날의 저녁이 시작되는 순간, 나는 거울 앞에 앉아, 화장을 하는 거울 속의 나를 바라보며 단정하게 머리를 묶고, 옛 애인이 선물한 화집을 꺼내보기로 한다. 어머니로부터

전화가 오면

 식탁 위에는 끓고 있는 된장찌개. 그리고 첫 페이지를 넘기지 못한 시집 한 권이 고즈넉이 놓여 있다. 시집의 제목은 보이지 않는다. 침대 위에는 나의 오랜 연인의 흔적이 아침처럼 웅크리고 있다.

 어느 날의 저녁이 시작되는 순간. 어쩌면 그것은 가지런한 꽃무늬 팬티거나 저녁 뉴스의 아름다운 앵커. 혹은 단정히 놓인 거울 밖과 거울 속의 갈색 단화가 된다. 그리하여 빈약한 가슴과 육감적이지 못한 몸매를 매혹하는

 영원토록 아름다운 거울 속의 나. 이윽고 거울 밖의 나.

2부

에어포트

활주로의 저편으로부터 비는 내린다. 당신은 문득 손목
시계를 바라보며 떠나온 고향의 한 그루 베고니아를 반추한
다. 시들어가는 베고니아를 떠올리며 당신은, 망명지의 정
처 없는 특별기를 기다리고 있다. 비가 내리고, 어느덧 눈
은 내린다. 환승 터미널의 밤과 낮은 매뉴얼에 따라 안전하
고, 시차에 익숙지 않은 환승객은 홀연히 사라져버린다. 망
명지로부터 회신은 도래하지 않는다. 당신은 환승 터미널
의 벤치에 앉아 돌아갈 수 없는 과거와 입국할 수 없는 미래
를 중얼거린다. 오래된 도시와 멸망한 부족의 폐허는 화물
칸에 방치된 채 하역되지 않는다. 당신은 장전되지 않은 권
총을 꺼내 방아쇠를 당기기로 한다. 비행을 마친 국적기들
은 아름다운 남태평양과 적도 인근의 적란운을 떠올리며 평
화롭다. 떠날 수 없다면 사라져야 한다고, 당신은 중얼거린
다. 오래전에 배달된 신문을 펼치면, 사라진 신화와 전설에
대한 이야기가 끝없이 폐기되고 있었다. 안데스의 산맥들이
들려주는 기원전의 신화가 들리는 듯도 했지만, 환승 터미
널의 밤은 그저 외롭고 여전히 쓸쓸했다. 무수히 많은 좌표
로부터 당신의 절망은 전송된다. 하지만 특별기는 도착하지

않으므로, 떠날 수 없다면 사라져야 한다고 당신은 중얼거린다. 당신은 문득 폴란드 망명정부의 지폐와 포화에 이지러진 도룬 시의 가을 하늘을 생각한다.[*] 국가와 민족을 향해 구름은 흘러갈 것이다. 일기예보는 적중하지 않고, 국경선 너머에서 반정부군의 시신은 타오른다. 살아남은 당신은 문득 매트릭스의 전화기를 떠올린다. 활주로 너머로 밤은 찾아오고, 당신의 환승 터미널은 끝도 없이 폐쇄된다. 당신은 연어샐러드가 제공되는 기내식을 주문하고 싶어진다. 그리하여 당신은, 장전되지 않은 권총의 방아쇠를 당기기로 한다. 착륙에 실패한 국적기는 이윽고 밤의 폐허가 되고, 망명지로부터 특별기는 날아오지 않는다. 모든 것은 끝이 났는가. 창밖에는 비가 내리고, 시베리아로 날아가지 못한 철새는 피뢰침에 매달려 번개를 기다리고 있다. 지상에는 여전히 착륙에 실패한 여객기가 참혹하고, 망명지를 떠난 특별기의 폭파 소식은 그러나, 당신에게 전해지지 않는다.

[*] 김광균의 「추일서정」을 변주.

오버 더 호라이즌

저물녘이 되면 살육의 역사가 들리는 듯도 하였다. 먼바다에서 불어오는 낯선 바람을 등에 지고, 장군은 콜트45 싱글 액션 리볼버의 총신을 어루만진다. 수평선 너머의 이야기는 알 수 없었지만, 오늘은 수평선 너머를 생각해보기로 한다. 잠시 불길한 바다의 바람이 불어오는 것도 같았지만, 불길함은 어느 곳으로부터 펼쳐지는지, 핏빛 살점이 어느 곳을 배회하는지는 알 수 없었다. 바다가 어두워지면 가늠할 수 없는 공포로부터 냄새는 피어나는 법이라고 장군은 중얼거린다. 콜트45 싱글 액션 리볼버의 총신을 어루만지며 장군은, 안개비가 내리는 그믐은 무너질 것이라고도 중얼거린다. 오래된 해도에 숨겨진 바닷길을 따라가면 기억조차 할 수 없는 수평선은 은밀하게 두근거릴 것이다. 적들의 냄새는 어느 곳으로부터 피어오르는가. 콜트45 싱글 액션 리볼버의 총신이 반짝, 빛을 발했지만 장군은 그저 머나먼 이국의 해안선과 끝나지 않을 것만 같은 수평선의 아름다움이 불길할 뿐이다. 모든 냄새는 언제나 은밀한 곳으로부터 시작되고 고요하게 사라지는 법이지. 저물녘이 되면 낯선 해변을 향해 수평선은 끊임없이 침몰을 거듭할 것이다. 예감할 수 없는 불운을 핥으며 떠돌이 개 한 마리가 해변을 서성인다. 장군은 문득, 이름조차 기억나지 않는 해변과 고래떼가 좌초된 미지의 해안선을 떠올려본다. 장군은 수평선 너머로부터 들려오는 것은 살육의 역사가 아니라며, 애써 해변을 산책한다. 문득 뒤를 돌아보면 해변은 아름답게 출렁이고, 콜트45 싱글 액션 리볼버의 총신은 장군의 걸음을 따라 오래전의 살육조차 더 이상 기억하지 않으려고 한다. 이제 적들의 냄새는 나지 않는지도 모른다고 해변의 오늘 밤은 믿고 싶어진다. 아내로부터의 편지는 내일 밤 당도할 것이다. 장군의 둘째 아이가 태어났고, 아내는 조금 큰 집으로 이사를 할 것이며, 4인용 식탁 위의 장미는 쉽게 시들지 않는다. 오래된 살육의 역사와 적들의 냄새를 회고하며 장군은, 어느덧 불길한 오늘 밤을 믿고 싶지 않아진다.

렌트

차창으로 바람은 물렁하게 저녁을 속삭인다. 지평선 너머로 모래바람은 불어오고, 렌트, 당신은 속도를 높여 죽은 자들의 지평선 너머를 상상하며 절망에 빠진다. 라디오에서 들려오는 흑인 영가의 음역은 어디로 흘러가는가. 그것은 알 수 없다고 렌트, 당신은 천천히 읊조린다.

렌트, 쿵쾅거리는 엔진은 육기통이다. 여섯 개의 피스톤은 단 하나의 속도가 되어 이곳을 떠나려 한다. 죽은 자는 어느새 무덤을 나와 붉은 사막과 붉은 언덕이 있는 지평선 너머로 사라지는가. 도로의 끝에 과연 끝은 있는가.

일기장은 타오르며, 저녁 어스름을 들려주던 검은 재가 되어 사라진다. '누구의 것도 아닌 이번 생이여'라고, 라디오의 늙은 가수는 노래하며 흐느낀다. 렌트, 길의 저편에는 오래전에 죽은 동물의 냄새가 피어오르는구나. 불길한 무덤처럼 부풀어 오르는

한 줌 태양을 향해, 단 한 번도 내 것이 아니었던 생을 향

해 렌트, 당신의 속도는 사라지는구나. 핸들을 잡은 나의 손은 렌트, 당신의 전생을 기억하지 못한 채 길의 끝을 그저 가늠해볼 뿐이구나. 내 것이 아닌 별빛을 바라보며 렌트,

당신을 바라보며 나는 육기통의 엔진처럼 두근거린다. 어디선가 붉은 사막의 밤을 서성이던 여우의 울음소리가, 언제나 허상인 렌트, 당신의 비밀을 속삭인 듯도 하였다. 그리하여 렌트. 쿵쾅거리는 엔진은 육기통이고 그것은 영원토록, 당신과 나의 심박이 되지 못하는구나. 렌트

캐리어

캐리어를 펼치면 이윽고 시차는 흘러나온다. 여분의 바지와 셔츠 몇 벌. 먼 곳을 걸었던 발자국도 터덜터덜 헐렁하게 걸어나오고, 이국의 향초는 시차를 태우며 과거나 미래, 혹은 호명할 수 없는 것들을 홀연히 회고한다. 당신은 그림엽서를 정리하며, 잊을 수 없는 추억은 믿을 수 없다고 중얼거린다.

캐리어를 펼치다 말고 당신은, 바다가 물러선 서해의 해안선과 파국에 이른 일몰의 새떼를 떠올리기로 한다. 갯벌을 드러낸 바다처럼, 마주할 수 없는 시차는 사라지는가. 서해안은 믿을 수 없다고, 당신은 창백한 일몰로부터 고개를 돌린다.

캐리어의 깨진 모서리마다 여행지에서의 추억은 흘러나온다. 상하이발 비행기를 타고 당신은 멀지 않은 미래에 당도한 것이다. 모든 것은 신기루처럼 사라질 것이라고 당신은 믿는다. 지나간 사랑도 잊기로 당신은, 결심한다. 정주할 수 없는 시간으로부터 시차는 흘러나오는가.

⟩

　캐리어에 남은 모래의 알갱이로부터 지난밤의 폭풍은 회고되는가. 당신은 세탁기에 넣은 바지와 셔츠 몇 벌. 그것의 주머니로부터 쏟아지는 슬픔. 서해안에 두고 온 패총 따위를 상상한다. 오랜 시간이 흐른 후에 거대한 조개 무덤은 발견되는가. 당신은 문득 외로워지기로 결심한다.

　캐리어를 닫으면 어느덧 시차는 사라지고 마는가. 다리 밑에 던진 약혼반지처럼 모든 것은 종료되는가. 당신은 캐리어를 닫지 못하고 한참을 흐느끼지만, 구름은 어느 곳으로도 흘러가지 못한다. 상하이행 비행기가 폭파되는 악몽만이 지루하게 반복되며, 당신의 시차는 영원토록 그곳에서 사라지고, 잊히고, 통곡을 거듭할 뿐이다.

철의 역사

그리하여 철의 역사는 시작된다.

두근거리는 망치질과 뜨거운 풀무질이 시작되는 오전으로부터 그것은 시작되고, 자작나무 숲과 버려진 동굴을 지나치는 철도와 증기기관의 무쇠는, 그 어떤 애초를 향해 질주를 거듭한다. 철도의 끝이 잊을 수 없는 미지로 끓어오르면, 대장장이의 상반신은 붉게 타오르고, 그리하여 철의 역사는 마침내 전설을 완성하는구나. 기차역을 바라보며, 대장장이의 망치는 쉼없이 쿵쾅거린다. 대륙의 끝을 망각하지 않기 위해, 기차의 기적汽笛은 무쇠처럼 달고 차갑구나. 대장장이의 상반신이 온 힘을 다해 쟁기나 호미 따위를 어루만지면, 철의 역사는 시작되는구나. 뜨거움과 한 몸이 되는 증기기관의 화부를 떠올리면, 누군가는 투신을 상상하며 슬픔을 시작한다. 그렇게 철의 역사와 속삭임은 시작되는가. 그러나 단단한 첨탑 위로 철의 역사가 무너질 때, 뜨거움은 차갑고 단단한 선로의 목적지를 애써 상기하지 못한다. 그것은 물러설 수 없는 세계대전의 등고선과, 전사한 군인들의 버려진 유해처럼 쉽게 잊히고 사라진다. 차갑게 식은 대장장이의 도시락 뚜껑을 열면 죽어버린 새들의 날개와 부리는 흘러나온다. 그리하여 대장장이의 망치질과 담금질은 하나의 군群을 이루며 증기기관의 숨 가쁜 여정을 탐문하기 시작한다. 철의 역사는, 그렇게 시작되는구나. 쟁기와 호미를 다루는 미지의 농부를 떠올리며 대장장이가 풀무질을 할 때, 증기기관차의 화부가 철도의 끝을 예감하지 못할 때, 뜨거움은 영원히 타오르지 못하며 끝없이 쿵쾅거린다. 대장장이의 망치질과 증기기관차의 화부는 철의 역사를 증명할 수 있는가. 두근거리는 망치질과 담금질, 혹은 기차의 기적汽笛은 무쇠처럼 달고 차갑구나. 그리하여 철의 역사는, 두근거리는 그 모든 몰락을 향해 사라지고 마는구나.

스윙 스윙 그리고 스윙[*]

구름이 걷히지 않은 목성의 대기를 뚫고 갈릴레이호는 사라진다. 태양풍은 멀리 있는가. 목성의 구름 속으로 진입하는 순간 모든 것은 끝이 나겠지. 최후를 생각하면 언제나 장엄하구나. 구름은 아름답게 피어날 것이다. 그러나 구름의 이야기는 조금 미루기로 하자. 갈릴레이호는, 이곳에 이르기까지의 기나긴 여정을 회고하며, 속도가 된 별들의 중력을 떠올린다.[**] 속도는 목성에 이르러, 유보된 모든 별들의 역사에 종언을 고한다. 갈릴레이호의 최후는 조간신문의 단신과 함께 영원히 사라지고 만다. 별들의 미래는 늦춰진 별의 속도만큼 끊임없이 폐기되고, 기약 없이 유보된다. 그러나 스윙 스윙, 연인들은 그저 춤을 추고 그저 노래한다. 유보된 역사를 눈치챈 사람이 존재하지 않는 것처럼 스윙 스윙, 그들의 사랑과 그들의 이별은 멈추지 않는다. 그것은 스윙 스윙, 춤을 추는 남자와 여자처럼 스윙 스윙, 끊임없이 가까워지고 끊임없이 멀어진다. 목성을 향해 날아가는 우주선의 최후처럼 스윙 스윙, 여자의 가슴에 얼굴을 묻고 남자는, 온 힘을 다해 흐느끼고 있다. 목성의 지표면으로부터 아주 작은 파동은 전달될 것이다. 남자는 여자의 가슴에 얼굴을 묻고 눈물조차 흘리지 못한다. 스윙 스윙 리듬에 맞춰, 별들의 미래와 역사는 결코 완성되지 않는다. 남자는 여전히 여자의 가슴에 얼굴을 묻고 흐느끼고 있다. 예비된 이별에 반전 따위는 없다. 눈물은 신파이고 사랑은 진부할 뿐 스윙 스윙, 세계의 모든 역사가 조금씩 느리게 흘러간다. 어쩌면 스윙 스윙, 연인들의 이별은 끝없이 유보되고 별들의 미래는 그 모든 태초를 향해 아주 느리게, 느리게 이동한다.

---

* 갈릴레이호가 목성에 도달하는 순간, 남자와 여자는 춤을 추며 끊임없이 멀어지고, 끊임없이 당겨진다. 별들의 중력이 내어준 속도를 경험하며 우주선은, 비로소 여정의 끝과 마주할 수 있게 된다. 남자는 문득, 여자의 가슴에 얼굴을 묻고 눈물을 흘린다. 속도를 내어준 만큼, 별들의 속도는 조금씩 느려진다. 남자와 여자는 여전히 춤을 추고 있다. 30년대 풍으로 스윙 스윙, 발걸음도 가볍게 스윙 스윙. 남자와 여자는 멀어지고 당겨지며, 별들의 중력과 우주선의 속도와 사랑의 파국에 대해 중얼거린다. 너무 많이 날아왔구나. 천문학자들의 추억을 향해 우주선은 충돌을 예감한다. 어느덧 해가 저문다. 별들의 미래는 조금씩 유보되며 눈물을 흘린다. 어느새 구름이고, 구름의 너머로 어느덧 목성의 지표면은 다가온다.

** 스윙바이. 가고자 하는 행성이나 궤도에 있는 행성의 중력을 이용한 우주 비행법이다. 갈릴레이호는 목성에 이르기 위해 금성과 지구의 중력을 이용하여 부족한 속도를 낼 수 있었다. 우주선에 속도를 내어준 만큼 행성 행성의 속도는 느려진다.

스윙 스윙 그리고 당신

당신은 파국을 이야기하지 않는다. 당신은 그저 흘러가는 구름과 지평선 너머의 태양과 적막한 세기말의 오후를 어루만질 뿐이다. 해먹 위의 저물녘처럼 당신은 천천히 사라지려 한다. 스윙의 리듬에 맞춰, 당신은 시를 쓰고 있는 당신의 남자를 중얼거린다. 시집의 첫 페이지를 펼치면 수많은 당신과 남자의 이야기가 예비되어 있지만, 당신은 결코 시집의 첫 페이지를 넘기지 못한다. 허름한 빌라의 주차장에는 오래도록 입을 맞추고 있는 연인들이 즐비하고 카페의 주인은 전화를 걸어 당신을 유혹한다. 사랑은 허무하고 시의 문장은 쓸모없는 세계라며 당신의 남자는 절망한다. 모든 문장과 모든 관계는 시집의 첫 페이지에 존재하지 않는다고 당신의 남자는 믿게 된다. 당신은 산책이 취미이고 어디론가 떠나려 한다. 세상의 모든 골목을 알고 있는 것처럼, 플랫슈즈를 신은 당신의 발이 아름답게 빛난다. 시집의 끝에 파국이 있다고 당신은 두려움에 몸을 떤다. 시와 사랑을 속삭이지 않을 때 당신은 가장 빛난다고, 당신은 생각한다. 남자의 문장은 여전히 시집 속에 갇혀 당신을 호명하지 못한다. 언덕 위의 식당에서 밥을 먹는 당신은 홀연한 음성으로만 남는다. 당신의 남자는 허기를 느끼고, 파국은 배고픔과 같은 것이라며 시집의 첫 페이지를 덮는다. 정처 없는 문장을 당신의 남자는 끝날 수 없는 절망과 소멸처럼 슬퍼한다. 손쉽게 저녁은 오고 당신의 남자가 주문한 음식은 만들어지지 않는다. 플랫슈즈를 신은 당신의 발이 빛난다. 스윙의 춤을 추며 당신은 저물도록 사라진다. 스윙 스윙, 골목길을 폴짝거리며, 당신은 시집의 첫 페이지를 영원히 잊기로 한다. 그러나 감은 눈을 뜨면 당신은, 시집의 첫 페이지를 마주하고, 파국을 두려워한 전생의 어느 날을 후회한다.

행과 불행의 무덤들

행과 불행은 가득했어요. 구름은 흘러가고 버려진 무덤으로부터 초원은 황폐했어요. 하나의 무덤으로부터 소년은 걸어 나오고 또 하나의 무덤으로부터 소녀는 잃어버린 가슴을 어루만지며 천천히 눈물을 흘렸어요. 무덤마다엔 여전히 죽지 못한 아버지들의 시신이 폐허를 이루고 있고요. 유폐된 기억을 더듬으며 달은 떠오르지 않았어요. 무덤을 파헤치며 문득 뒤를 돌아보면, 초원을 가득 덮은 무덤만이 잊을 수 없는 페이지를 반추하며 새파랗게 경악했어요. 그 무엇도 기억할 수 없어요. 행과 불행이 인생을 읊조리며 손을 내밀었고요. 까마귀는 붉은 눈물을 뚝뚝 흘리며 오래도록 뒤를 돌아보지 않았어요. 바람은 불었고요. 초원은 무덤으로 뒤덮인 페이지를 보며 온통 경악했어요. 솟아오른 봉분마다 석양은 참혹하게 타올랐고요. 수없이 많은 눈알들은 감을 수 없는 눈을 뜨고 이윽고 눈물을 흘렸어요. 부릅뜬 눈알을 바라보며 패총들은 오래전에 사라진 페이지를 떠올렸고요. 행과 불행을 기록하며 무덤들은 마지막 페이지를 향해 타올랐어요. 어느덧 페이지마다엔 무덤이 가득하고요. 초원 위에 펼쳐진 무덤들은 어느새 기억할 수 없는 페이지예요. 기억나지 않는다 하여도 어쩔 수 없어요. 행과 불행은 하나의 페이지로부터 한 치도 어긋나지 않아요. 기억할 수 없는 공포는 어느덧 뒤를 돌아보고 있어요. 소년은 출생의 순간을 기억하지 못하고요. 소녀의 과거는 어느새 더럽게 찢겨나간 페이지의 흔적처럼 사라지고 없어요. 무덤들의 이야기를 들려주며 페이지는 타오르고요. 페이지마다엔 죽음에 이른 여배우의 눈물이 검게 흐르고 있어요. 독자들은 아직도 다음 페이지를 넘길 수 없어요. 기억할 수 없다면 떠올릴 수조차 없어요. 첫 번째 페이지로부터 독자들은 언제나 궁금했지만 출생은 영원토록 비밀에 부쳐졌어요. 페이지마다엔 상투적인 반전과 감동들이 언제나 숨 가쁘고요. 부릅뜬 눈알들은 하나의 페이지와 하나의 무덤마다 통곡하고 있어요. 마지막 페이지를 넘기면 책장에는, 패총만이 어느덧, 되돌릴 수 없는 행과 불행을 거느리고 있어요.

폭풍의 언덕

폭풍이 몰려올 것이라는 예보는 오래도록 적중합니다. 언덕 위로는 바람이 불어오고, 수많은 소년과 소녀들은 바람을 맞으며 부패한 성기를 어루만집니다. 가슴을 베인 소녀들의 전생은 붉은 혀를 내밀어 폭풍 속에서 속삭이고요. 아름다운 별과 숲의 신화는 사라지고 없습니다. 소년들은 말이 없고요. 뒤를 돌아보면 오래전에 헤어진 당신만이 서럽게 흐느끼고 있습니다. 전생이 몰려오는 밤이면 소년과 소녀들의 밤은 악몽으로 가득 차오릅니다. 악몽을 길어 올리는 밤과 낮은 그러나 불행하지만은 않습니다. 세상은 온통 아름다운 거울 속에서 참혹한 겨울을 맞이합니다. 거울 밖의 소년과 소녀들은 거울 속의 소년과 소녀들을 바라보며 비명조차 지르지 않습니다. 폭풍 속의 전생이 소년과 소녀들의 성기를 어루만지며 비극의 절정을 이야기합니다. 소년과 소녀들은 그저 눈물을 흘립니다. 비극의 절정에 도달하며 두려움은 그러나 존재하지 않습니다. 폭풍을 앞에 두고 소년과 소녀들은 언덕 너머의 유적지를 잠시 떠올립니다. 노을 속의 유적지는 아름답습니다. 폭풍 속의 전생은 유적을 앞에 두고 한때의 당신을 떠올립니다. 폭풍을 맞이하며 소년과 소녀들은, 들판 위에 두고 온 출생의 비밀을 떠올립니다. 전생처럼 소년들의 성대가 노래를 부릅니다. 전생처럼 소녀들의 가슴이 부풀어 오릅니다. 두근거리는 폭풍이 황혼처럼 엄습하는 날입니다. 거울의 깨진 조각을 밟으며 소년과 소녀들은 알 수 없는 내일만을 기다립니다. 전생이 슬픈 눈을 들어 눈물을 흘리지만 수많은 소년과 소녀들은 폭풍 속의 악몽과 공포만을 기억합니다. 아름다운 별과 숲의 신화가 사라진 언덕에서 소년과 소녀들은 어느덧 행복하지만 거울 속에는 여전히 울고 있는 소년과 소녀들이 황혼을 바라보고 있습니다. 폭풍이 몰려오면 소년들의 심장은 알 수 없이 두근거립니다. 전생을 기억하지 못하는 소녀들의 머리칼은 바닥까지 자라납니다. 오래전에 헤어진 당신을 기억하지 못하며, 소년과 소녀들의 오늘 밤이 아름답고 풍요롭게 변주됩니다.

드라마

드라마가 시작되면 기적과 도덕은 사라진다. 드라마의 주인공은 주일을 찬송하고, 그러나 신은 재림하지 않는다. 광신도들의 휴일만이 오후를 경배하며, 그들의 눈물만이 찬양으로 가득 차오른다. 부조리한 휴일마다, 아무렇지도 않게 사랑을 나누는 어린아이들과 더 이상 사랑을 나누고 싶지 않은 매춘부들의 소문은 넘쳐난다.

그러나 소문은 그 무엇도 증거하지 못하지. 드라마가 시작되면 오래된 연인과의 이별은 아무렇게나 준비된다. 삼류들의 이야기는 감동적이고, 그것이 드라마라고, 헤어진 연인들은 확신한다. 그것들은 삼류들의 이야기인가. 진부한 작용과 상투적인 반작용으로 드라마는 완성되는가.

시는 사라지고 서사는 타락을 거듭하는가. 사랑하지 않는 이들이 나누는 키스로부터 갈등이 해소될 때, 드라마는 전개된다. 막과 장으로 구분되지 않는 배신과 불륜, 혹은 작용과 반작용 따위.

〉

　그것이 드라마이고, 진리이며, 편서풍은 불어온다고, 드라마는 완벽한 최종회를 예고한다. 그리하여 친절하고 아름다운 여주인공은 이제, 비련을 통해서만 우리의 연인이 되려고 한다. 사랑이라는 말은 여전히 유효한가.

　시인들은 술자리마다 혼음을 꿈꾸지만, 잠에서 깨면 납득할 수 있는 부조리만이 갈등을 예고할 뿐이다. 시집을 펼치면 텅 빈 활자의 두려움은 다가온다. 갈등과 서스펜스로부터 세계의 모든 비극은 문득 뒤를 돌아보는구나. 그리하여 삼류들의 사랑이 진실을 완성할 때, 드라마는 완벽한 최종회를 향해 막다른 골목의 끝을 서성이는구나.

쇼케이스

숲을 관통하며 처음의 노래는 흘러나왔어요. 짝을 잃어 버린 모음들의 허밍과 예측할 수 없는 음역으로부터 불안과 공포는 비롯되었고요. 또 다른 음역으로부터 처음의 날들은 불확실한 음계를 회고합니다. 처음의 날들처럼, 라임rhyme 과 리듬은 끊임없이 반복되고요.

반복되는 라임에 맞춰 춤을 춰봐도 처음의 노래는 쉽사리 미래를 단언하지 못합니다. 일제히 숲은 출렁이고 지진을 감 지한 새들은 날아오릅니다. 날아오르는 새들의 우듬지마다 물고기떼의 은빛 수면이 출렁이고요. 자음을 잃어버린 모음 들의 허밍은 지금부터 계속됩니다. 모음들은 라임에 맞춰

산도를 빠져나오는 태아들의 비명을 노래합니다. 모든 처 음이 숨을 거두는 밤. 숲의 입구를 지나면 좁은 계단 아래의, 오래전에 숨겨놓은 일기장은 타오릅니다. 타오르는 일기장 으로부터 우우우 모음들은 쏟아져 나오고, 자음을 잃어버린 모음들은 숲의 뿌리와, 가지와, 이파리의 끝을 지나 석양이 물드는 숲의 너머를 두려워합니다.

〉

　타오르는 일기장으로부터 모음들은 이미 뚝뚝 떨어지고
요. 노래하는 당신이 누구인지 숲은 처음처럼 너무 어둡습
니다. 자음을 잃어버린 모음들은 최초의 허밍을 내뱉으며,
완성되지 않은 음계를 탄식과 함께 시작합니다.

　숲을 관통하며 처음의 노래는 흘러나오고, 불완전한 모음
들의 허밍이 최초의 숲과 기원을 알 수 없는 창세기의 음역
을 더듬습니다. 모든 것은 처음입니까. 아니면 두려움입니
까. 처음의 모든 페이지와 처음의 모든 모음은 두려움이라
고, 일기장은 타오르며 공언합니다. 어느덧 처음은 시작되
고, 숲은 일제히 모음만 남은 처음의 허밍을 출렁입니다.

출항기

바람이 불어오는 곳을 향해 해안선은 끝날 수 없는 몰락을 거듭했다. 항구마다 오래전에 정박한 어선들은 가득했고, 기억할 수 없는 항로가 흐느끼면, 홀수선을 따라

사라진 자들의 역사가 들려오는 듯도 하였다. 수면으로부터 시작을 알 수 없는 최후는 시작되고, 수면을 향해 닻이 내려지면, 잠길 수 없는 곳으로부터 파도는 몰려왔다. 폭풍은

그 어떤 예감처럼 수평선을 흔드는가. 덧창을 닫으면 바람은 밤새도록 아침을 뒤척인다. 해가 뜨면 항로는 열릴 것이다. 밤은 단호하게 수면을 탐문하며 지나가는구나. 파도가 몰려오면

이국의 처녀들은 하나둘 옷을 벗고 가랑이진 밤을 흐느낀다. 닻을 올리면 오래전에 잃어버린 슬픔들은 흘러나오는가. 수많은 신부들을 생각하며 갑판 위의 선원들은 어느 밤의 날짜변경선을 떠올린다.

〉

어제가 오늘이 될 때. 혹은 오늘이 어제가 될 때. 역사는 시작되지 않는다. 그물에는 죽어버린 아버지와 사산된 아이들의 이야기가 걸린 채 떠나지 않는다. 선수船首로부터 침몰한 항로의 이야기는 두려움을 회고하고

흘수선을 따라 잠길 수 없는 수면은 어둠이 되어간다. 이국의 처녀들은 가슴을 부풀리며 갑판 위의 선원들과 태어날수 없는 아이들을 생각한다. 아침이 펼쳐지면

바람은 불어오지 않는구나. 항구에는 죽어버린 아버지의 이야기도, 사산된 아이들의 뜨지 못한 눈동자도 들리지 않는다. 날짜변경선을 지나치며 갑판 위의 선원들은 문득

끊임없이 오늘이 되어가는 어제를 뒤돌아볼 것이다. 파도는 고요하고, 더 이상 그곳에 태어날 아이들은 존재하지 않는다. 밤새도록 뒤척이던 덧창의 흐느낌이 잠시 들리는 듯도 하였지만

〉

어제가 오늘이 될 때, 혹은 오늘이 어제가 될 때 역사는 시작되지 않는다.

리허설

그것은 개와 늑대의 시간입니까. 그리하여 그것은 어둠이 깔리는 저녁이거나 아침이 오기 직전의 제의처럼 펼쳐집니까. 해변에는 이별하는 연인들이 눈물을 흘리고, 파도는 해안으로부터 끊임없이 멀어지며 무너집니까. 그리하여 바람이 불어온다면 그것은 아마도 지중해의 낭만은 아닐 것입니다. 연인들은 키스를 하며 혀와 혀가 맞닿는 순간의 절정을 애써 잊으려 합니다. 세상의 모든 신파는 이별하는 연인들을 위해 준비된 것처럼 이윽고 울음을 터뜨립니다. 그것은 개와 늑대의 시간입니까. 과거로부터 끊임없이 태양은 침몰하고, 오늘을 예비하는 무수한 연인들이 어제의 어제와 그리고 끝날 수 없는 어제로부터 끊임없이 오늘에 당도합니까. 증기기관차는 폭설의 해변을 지나 다음 역을 향해 달려갑니다. 레일은 폭설에 경악하며 끊임없이 폐기되고, 증기기관의 두근거리는 기적은 벼랑 끝을 향해 가는 피스톤의 철제 바퀴로부터 간결한 두 줄기 획을 기억합니다. 헤어진 연인으로부터 온 편지는 아직도 우편함에 있습니까. 아니면 개와 늑대의 해변을 아직도 당신은 서성입니까. 기차는 연착을 거듭하며 폭설의 해변에 끊임없이 당도합니다. 기차의

종착역은 알 수 없다고 개와 늑대의 해변은 침몰과 융기를
거듭합니다. 당신은 무엇을 중얼거립니까. 증기기관차의 화
부는 달력을 뜯어, 뜨겁게 타오르는 증기기관의 불씨를 한
장 한 장 복기합니다. 1월 1일의 뜨거움으로부터 12월 31일
의 뜨거움에 이를 때까지, 화부의 눈물은 마를 줄 모릅니까.
이 모든 것은 개와 늑대의 시간이므로, 이별하는 연인들의
얼굴은 제대로 보이지 않습니다. 그것은 당신이거나 혹은
또 다른 당신이거나, 끊임없이 폐기되고 생성되는 과거와,
그리하여 미래입니까. 철길을 따라가면 침몰을 거듭하는 태
양은 발굴됩니까. 아니면 오래전에 죽은 자들의 육체는 생
생하게 발기합니까. 철길의 끝으로부터 해변 호텔의 간판은
불을 밝히고, 관계하는 모든 연인들은 사산된 아이들을 끝
도 없이 사정합니다. 그것은 모든 기원입니까. 아니면 그것
으로부터 모든 기원은 비롯됩니까. 기원은 아주 먼 곳에 있
느냐고 당신은 화부에게 질문을 던져보지만, 화부는 타오르
는 달력 속으로 천천히 걸어 들어갈 뿐입니다. 연인들의 이
별은 끝이 없습니까. 아니면 다음 역을 향하는 증기기관과
사산된 아이들을 사정하는 밤이 끝이 없습니까. 그리하여

화부의 달력은 타오르고, 12월 31일로부터 1월 1일의 모든
최초는 타오르고, 혹은 사라집니까.

3부

대륙횡단특급 1

철도역마다 폭설이 내리고 겨울은 끝이 없습니다. 당신이 가버린 철길의 끝으로부터 얼어붙은 호수의 일몰은 황폐합니다. 적도 부근의 해변으로 날아가지 못한 한 마리 새는, 아직도 얼어 죽고 있는 중입니다. 열대의 코코넛 나무는 바람에 나부끼고요. 철길 위로는 유폐된 폭설이 덜컹입니다.

횡단의 끝은 알 수 없는 미지라고, 당신은 중얼거립니다. 기착지마다 날카롭게 벼린 황혼이 서늘합니다. 누구도 기착지에 하차하지 않습니다. 횡단의 끝이 알 수 없는 미래인 것처럼, 기착지의 밤은 불온하고 음습합니다. 횡단의 마지막은 승차권에 선명하지만 누구도 횡단의 마지막을 묘사하지는 못합니다. 우리는 그저 처음이 있으면 끝이 있다는 진리를 믿고 싶을 뿐입니다.

당신의 출생이 비밀인 것처럼 횡단의 끝은 여전히 불확실합니다. 철도원들은 선로를 거슬러 오르며 파업을 결의하고, 외계로부터 날아온 유성의 섬광은 순식간에 사라집니다. 불에 탄 침엽수림이 철길을 향해 천천히 다가와, 이제는 잊힌 민요를 노래합니다. 기착지마다 불어오는 민요를 배경으로, 기차는 횡단의 끝이라는 미지를 향해 사라집니다.

소문처럼 기차가 지나갔지만 누구도 기차를 보지 못했습니다. 누구도 기차를 보지 못했지만 기차는 여전히 대륙을 관통하고 있습니다. 철도역마다 얼어 죽은 새가 날아오르고, 호수의 일몰은 비릿한 태양을 삼키며 대륙횡단특급의 불온한 종착을 향해 경악합니다. 철길에는 적도로 날아가지 못한 철새가 죽음에 이르고 있고요. 오래전에 녹슨 철길마다, 두근거리는 기적이, 아직도 생생하게 들려옵니다.

대륙횡단특급 2

그리고 눈은 내렸다. 눈발이 날리면 트럭커는 문득 외로움에 빠진다. 국유림을 지나치자 죽은 새들이 일제히 날아오른다. 트럭커는 질주하고, 라디오의 주파수는 단조롭게 수신된다. 종착지는 기약 없으므로, 트럭커는 이제 눈물조차 흘리지 않는다. 대륙횡단의 밤과 낮을 향해 트럭커의 심장이 두근두근, 심박을 두드릴 때면 폭설은 쏟아지고 전설은 눈발 속으로 종언을 고한다. 기원전의 산맥과 신들의 이야기를 호명하며 눈은 내리고, 경유지마다 트럭커는 오래된 숲과 신비로운 별자리의 음역을 더듬는다. 트럭커는 숲과 길의 외로움에 대해 이윽고 명상한다. 라디오에서는 한물간 유행가가 흘러나오고, 트럭커는 처음인 듯 트랜스 캐나다 하이웨이의 불타는 사고 현장을 목격한다. 종착지는 기약 없고, 외롭고, 쓸쓸하다고 트럭커는 중얼거린다. 따사로운 대서양의 해변을 노래하며 일기예보는 적중하지 않는다. 예측할 수 없는 경유지마다 트랜스 캐나다 하이웨이의 외로움은 어느덧 극에 달한다. 존재하지 않는 좌표를 찍으며, *이런 날은 엘비스 프레슬리야*, 외롭고 쓸쓸한 트럭커는 폭풍에 쓰러지는 국유림을 바라보며 *love me tender love me true*,

라디오의 볼륨을 높인다. 단 하나의 어둠은 대륙을 관통하며 불길한 리듬을 만들어낸다. 트럭커는 어느새 생과 사의 두근거리는 어느 최초를 떠올린다. 눈은 내리고, 산맥을 가로지르며 트럭커는 무의미한 북극권의 태양력을 떠올리기도 한다. 비극적인 치정처럼, 트랜스 캐나다 하이웨이는 폐쇄된 항구와 좌초한 선박의 대서양에 다다를 것이다. 횡단의 끝에 모든 기원은 사라지고, 인내할 수 없는 외로움이 바람에 나부끼며 처음처럼, 노래를 부른다. *love me tender love me true*, 그리고 여전히 눈은 내리고, 트럭커는 두근거리는 대륙횡단의 심박을 꺼내어 죽은 새들의 궤적 위에 천천히 올려놓는다.

대륙횡단특급 3

세계의 끝으로 기차는 출발했어요. 극점을 향해 나침반은 단호했고요. 그러나 어쩌면 세계의 끝은 존재하지 않아요. 세계의 끝에는 무너진 애초와 죽어버린 부모들의 폐허가 담담했고요. 유폐된 기차를 타면 언제나 세이렌의 노래가 들려왔어요.

죽음을 예비하며 세계의 끝은 세이렌의 노래에 눈물을 흘렸고요. 세계의 끝은 확인되지 않았으므로 세이렌의 노래는 비극을 잉태하며 끝나지 않았어요. 세이렌의 노래를 들으며 기적汽笛은 치명적인 결말처럼 울렸고요. 극점을 향해 폭설은 무너지고 있었어요.

폭설 속으로부터, 물러설 수 없는 소문이 무성했고요. 세계의 모든 극점조차 세이렌의 노래를 들으며 사라지고 있었어요. 객차는 텅 비어 있고요. 차창에는 호명되지 못한 극지의 밤이 적막했어요. 추위를 견디며 극지의 여우는 두려움에 떨고 있고요. 기적汽笛은 되돌릴 수 없는 극단을 향하며 기적奇跡을 기원했어요.

〉

　세계의 끝에는요. 아무도 찾지 않는 극점만이 쓸쓸하고요. 세계의 끝으로 가는 기차의 철로는 황폐한 소멸만을 기록하고 있어요. 극지로부터 이제는 세이렌의 노래조차 들려오지 않아요. 세이렌의 노래조차 들려오지 않으므로 세계의 마지막과 비극은 영원토록 끝이 없어요. 나침반은 극지를 가리키며 서글프고요. 침엽수림의 끝으로부터 치명致命처럼 세계는 소멸에 이르고 있어요.

대륙횡단특급 4

대륙의 철도로부터 또 다른 당신은 비롯되었어요.

두 개의 심장은 대륙횡단특급의 차창 너머로 펼쳐진 하나의 서사를 향해 두근거렸고요. 당신의 손을 만지며, 또 다른 당신은 대륙횡단특급의 영원한 최초를 떠올립니다. 오래전에 심장을 떠난 심박들은 어느새 잊을 수 없는 리듬을 만들어내고요. 대륙횡단특급의 기적은 명징한 리듬을 걸어 미래가 되어갑니다.

1월이 지나면 어느덧 2월이고요. 우리는 한없이 늙어버린 겨울을 맞이할지도 모릅니다. 그러나 두 개의 심장은 여전히 두근거리는 미지의 1월을 예비하고요. 두 개의 심장으로부터 언제나 처음인 단 하나의 서사는 비롯됩니다.

별은 빛나고, 원시의 숲에서는 한 번도 발굴된 적 없는 오래된 이야기가 서성입니다. 대륙을 횡단하는 기착지마다 두 개의 심장은 하나의 추억만을 회고합니다. 잊을 수 없는 기착지의 이야기들이 두근거리는 전설처럼 당신들의 심장에 음각됩니다. 당신의 이야기와

또 다른 당신의 이야기는 대륙횡단특급의 철길을 따라 영원토록 끝이 없고요. 당신의 옆자리는 언제나 또 다른 당신

만이 가득합니다. 당신들의 맞잡은 손금마다엔, 오래된 전생의 이야기가 낯설지 않은 음역을 따라 흘러가고요. 하나의 서사가 된 심장은 어느새 두근두근, 당신이 된 또 다른 당신을 천천히 어루만집니다.

대륙횡단특급 5

들판의 불길을 향해 들소의 무리가 뛰어든다. 눈물도 흘리지 않고. 오래도록 자라지 못한 들소들의 뿔은 거대한 불길 속에서 차마 타오르지 못한다. 태양은 서쪽으로 저물지 않고 새로운 대륙에 대한 소문은 결코 참회하지 않는다. 머리 잘린 들소들은 낯선 일몰 속으로 변함없이 사라지고, 멀리 대륙횡단특급의 기적 소리가 황급히 들린다.

대륙횡단특급의 철길을 중심으로 세계는 언제나 이편과 저편으로 나뉜다. 이편은 진실이고 저편은 거짓이다. 저편은 진실이고 이편은 거짓이다. 들소들의 잘린 혀가 파랗게 질린 선대의 주술 속에서 완벽하지 않은 불행을 노래한다.

미지를 가로지르며 대륙횡단특급의 미래는 새롭고, 목이 잘린 들소들의 과거는 끝나지 않은 비명을 배회한다. 언제나 바람은 불지 않고 씨앗은 산맥 너머에서 발아하지 않는다. 대륙횡단특급의 은밀한 차창은 참혹한 들판을 간단히 추모하고, 아무도 눈물을 흘리지는 않는다. 시간변경선을 거스르며 과거는 끊임없이 반복된다. 과거를 거스르며

〉

　대륙횡단특급은 어전히 아름답고 한 무리의 들소는 아직도 눈물을 흘리지 못한다. 언제나 오늘은 어제의 연속이므로, 언제나 변하지 않는 이편과 저편만이 가득하다. 무덤조차 가져보지 못한 들소들의 두개頭蓋를 파헤치며, 대륙횡단특급은 질주한다. 불현듯 별들은 빛나고, 피를 흘리는 밤은 오래도록, 아름답다.

행성횡단특급 1

존재하지 않는 행성의 좌표는 입력할 수 없어요. 행성횡단특급의 좌표는 정확하지만 그곳은 어느새 미지로 가득 차오릅니다. 이미 사라진 별들의 찬란은 먼 우주를 향해 여전히 영원하고요. 좌표는 멀고, 막막합니다. 빛나는 별의 이야기는 아름답지만 그곳은 그저 수많은 미지의 일부일 뿐입니다. 당신들은

당신들의 세계를 떠남으로써 새로운 세계를 희망했습니다. 당신들의 좌표는 정확했지만 그것이 언제나 예측할 수 있는 세계를 보여줄 수 있는 것은 아니었으므로, 당신들은 절망했습니다. 죽어버린 별들의 섬광을 영원토록 선보이며, 미지로 가득한 우주는 이제 눈물조차 흘리지 않습니다.

당신들이 떠나온 세계와는 이제 영원한 결별입니다. 우주선을 향해 별들의 시간은 오래전에 사라진 순간들을 전송하고요. 미지로 남은 좌표를 앞에 두고 행성횡단특급은 언제까지나 종착할 수 없습니다. 행성횡단특급의 당신들은 썩지도 못하는 숨을 거둔 지 오래입니다.

당신들의 마지막 전언이 아직도 눈을 감지 못한 채 생을 다한 행성횡단특급의 창문에 무심합니다. 당신들의 손은 여

전히 사라진 별의 미지를 더듬고 있고요. 무중력의 선실은 당신들을 지상으로 인도하지 못합니다. 좌표 사이의 수많은 미지가 그저 아름다운 별의 이야기를 들려줄 뿐입니다.

당신들의 마지막 전언은 행성횡단특급의 최후를 담담하게 묘사합니다. 행성횡단특급의 미지와 당신들의 용기에 우리는 경의를 표합니다. 그곳에 더 이상 두려움은 남아 있지 않습니다. 지구에서 바라보는 행성횡단특급의 궤적은 여전히 빛나고 당신들의 죽음은 우주의 시간과 무관하게 슬픔을 향해 아름답습니다.

행성횡단특급 2

이곳 안드로메다 인근의 작은 행성으로 은하철도는 도착한다. 은하철도는 불길한 운명과 유성우의 궤적을 따라 외롭고 쓸쓸한 기억을 더듬는다. 밤하늘의 별들은 사라지고, 사라진 별들의 신화는 기억되지 않는다. 어느덧, 은하철도의 사랑과, 은하철도의 기쁨과, 은하철도의 슬픔을 흐느끼며 소년들은 수음을 한다. 미지의 행성을 향해 소년들의 미래는 불온한 파국을 예감한다. 기착지에 이른 불행한 별들의 이야기는 오래도록 결말에 이르지 못한다. 은하철도의 궤도로부터, 죽어버린 엄마들의 심장은 두근거린다. 도달할 수 없는 미지를 향해 이별과 슬픔은 전송된다. 종착역으로부터 비릿한 바람은 비롯된다. 소년들의 성기에서 불안과 공포는 웅성거린다. 소년들은 거울 속의 소년들을 바라보며 울음을 터뜨린다. 숨 막히는 몰락이 당도하면 은하철도의 소년들은 승차권을 말없이 찢는다. 창밖의 별들은 소멸에 다다르며 소년들의 미래를 예고한다. 마주 잡을 수 없는 손들은, 그러나 이별을 알지 못한다. 쌍둥이 성좌를 앞에 두고 거울 속의 소년들은 결코 소년들을 돌아볼 수 없다. 이제는 안녕이라고, 거울 속의 소년들은 이별을 노래한다. 은하철도는 유폐된 기착지의 폐허를 앞에 두고 기적을 울리지 못한다. 소년들은 심장을 꺼내 오래전에 죽어버린 엄마들과 불길한 행성을 향해 이별을 고한다. 안녕, 이제는

이제는 영원히…… 안녕, 은하철도!

안녕, 소년 시절이여!*

안녕, 안녕

행성횡단특급 3

　이로써 횡단은 끝이 났습니다. 은하의 끝에 이르면 별들의 무덤이 아름답게 빛을 발하고요. 뒤를 돌아보면 오래전의 은하가 기억할 수 없는 날들로부터 찬란합니다. 이곳을 미지라고 불렀듯 이제 저편은 돌아갈 수 없는 미지가 되었습니다.

　은하의 끝은 기념비적인 날로 기록되었지만 지구로부터 너무나 먼 곳이었으므로 세계의 모든 역사는 끝이 났는지도 모릅니다. 선장은 휴식을 명하지도 못하고 우주선은 마지막 남은 동력을 다해 은하의 끝을 기억합니다. 그 모든 최초의 지위가 외롭고 쓸쓸한 것처럼, 은하의 끝을 앞에 두고 우주선은 천천히 늙어갑니다.

　처음부터 미지는 알 수 없었으므로, 은하의 끝을 전송하지 못한다 해도 상관없습니다. 오랜 시간이 흐른 후에 잠에서 깨면 이곳은 여전히 아름다울까요. 백골이 된 당신은 말이 없고 은하의 저편으로부터, 당신을 기억하지 못하는 우주선은 언제나처럼 이곳에 당도할 것입니다. 백골이 되어버린 당신은 희미하게 웃으며 사랑의 순간들을 떠올리지만

　은하의 끝에 이르러 사랑은 더 이상 기억나지 않습니다.

극지의 극한도 이곳에선 그저 아름다운 일몰로 추억될 뿐입니다. 은하의 끝에 이르러 당신은 극極이라는 말을 되뇝니다. 언젠가 마주치게 될 누군가를 떠올리며 백골은 해사한 웃음을 참혹하게 기억합니다. 사랑은 파국을 맞이하고 세계의 마지막을 향해 우주선은 끊임없이 폐기됩니다. 백골이 된 당신은 말이 없고, 이로써 횡단은 오래도록 끝나지 않는 횡단의 끝을 맞이합니다.

행성횡단특급 4

나는 너희 인간들이 감히 상상도 못할 것을 보았다. 오리온성운 언저리에서 불타 침몰하던 전함.

나는 지구의 푸른 바다와 구름을 바라보며 공포에 질린 전함의 최후를 회고한다. 그러나

지구는 아름답고, 평화롭다. 연인들의 이별은 예정되어 있지 않고, 일몰 이후의 태양은 내일을 기약하므로

선상에서 바라보는 일몰과 연인들의 해변은 아름답기 그지없다. 구름은 예정된 빗방울을 뿌리지만, 가령

비가 내리는 것과, *탄호이저 기지의 암흑 속에 번뜩이던 섬광을 바라보던 나의 운명은 동일하지 않다.*

예비된 나의 죽음은 일기예보 속의 폭설이나 만년설에 대한 이야기가 아니다.

대륙과 바다의 경계가 불분명해지는 지점으로부터 총성은 들려온다. 경계는 분명하지 않다고 나는 중얼거린다. 그러나 나는

인간이 아니다. 인간이 아니므로 *그 모든 것이 곧, 흔적도 없이 사라지겠지.* 어느새 나는 눈물을 흘린다.

빗속에 흐르는 내 눈물처럼 길지 않은 추억은 사라진다.

이제 죽을 시간이야.

오리온성운이 밤하늘에 빛난다. 불타 침몰하던 전함과 최후를 마쳤어야 했다고 나는

생각한다. 그래, *이제 죽을 시간이야.* 하지만 죽음은 두렵고, 대륙과 바다가 선명한 경계를 드러내며

닿을 수 없는 세계의 이야기를 오래도록 들려주려 한다.

---

* 이탤릭체 부분은 영화〈블레이드 러너〉에 리플리컨트(인조인간)로 등장하는 로이 뱃티의 대사를
변주하여 사용함.

행성횡단특급 5

사방은 어둠과 적막뿐이고, 이따금 먼 곳으로부터 희미하게 포성이 들린다. 그들의 반란은 성공했고

나는 이곳에 유폐되었다.

지구 동맹과의 교신은 끊어진 지 오래다. 어느 행성으로 향하는가. 이제 더 이상 포성은 들리지 않는다.

익숙한 악취와도 같이, 반란은 오래된 역사를 지녔구나. 이제 분노는 오래지 않아 체념으로 바뀐다. 이곳은 어둠뿐이고

나의 심박은 이내 가라앉는다.

나는 두려움에 유폐된 채, 떠나온 행성의 아름다운 모래폭풍을 떠올린다. 나는, 유폐되었고

그들의 반란은 성공했다.

반란의 역사가 무엇을 증거하는지, 나는 알 도리가 없구나.

힘은 어디로부터 오는가.

나는 어둠 속에 웅크리고 앉아 머나먼 성단을 방문했을 때의 우주 지도를 떠올려본다. 반란의 궤적은 어디로 향하는가.

나는 문득 반란 이전의 세계를 떠올린다.
반란 이전은 평화로웠나.

나는 유폐된 격벽 앞에서, 그것은 알 수 없는 일이라고 중얼거린다. 그렇다면
반란은 완벽한 결말을 예고하는가.

은하의 끝은 무수히 확장되고, 우주의 끝은 알 수 없는 법이라고 나는 단언한다. 그곳으로부터 우리의 비밀은 호명되고, 결말은 언제나 유보된다. 모든 것은 알 수 없는 일이라고

나는 생각한다.

그러나 나는 유폐되었고, 반란은 성공했다.

나는 아름다운 나의 행성을 떠올리지만, 나의 행성은 이미 절멸을 경험했을지도 모른다고 생각한다.

지구 동맹과의 교신은 끊어진 지 오래이며,

어쩌면 나는 그때 이미 최후의 순간을 예비했어야 한다.

격벽 너머로 포성은 들리지 않는다.

반란의 역사를 관통하며 별들은 사라지고

별들은 태어난다.

나는 유폐되었고,

어디선가 익숙한 악취가 코를 찌르며

불길한 나의 역사를 완성한다.

4부

마더

그곳은 이국의 해안가가 아닙니다. 휴양지의 빛나는 태양도, 아름다운 파도도 그곳에는 없습니다. 정박할 수 없는 여객선만이 침몰을 거듭하고요. 익숙한 듯 파도는 밀려오고 물러나지만, 당신이 바라보는 바다로부터 당신의 세월은 말라버린 서글픈 자궁이 됩니다.

수장된 오전으로부터 당신의 최초는 더 이상 사라지고 없습니다. 해안가에는 죽어버린 물고기떼가 눈물도 없이 피어오르고, 깊은 바다를 기억하는 발자국만이 첨벙첨벙, 문득 뒤를 돌아, 당신을 바라보고 있습니다. 당신은 썰물처럼 빠져나간 자궁을 흐느끼며, 잉태하지 못할 미래를 예감합니다.

해안선을 따라 바람은 초조하고, 수많은 당신들은 눈물을 흘리며 되돌릴 수 없는 세월을 흐느낍니다. 세월이 흐르면 죽음에 이르지 못한 자들의 무덤에도 꽃은 피어오르지만, 수많은 울음들은 이윽고 사라지고 영원히 잊히지 않습니다.

방파제 위에 한 여자가 앉아 있습니다. 등대를 바라보며 한 여자는 죽음에 이를 수조차 없습니다. 세월을 어루만지며 한 여자는 텅 빈 자궁을 흐느낍니다. 그리하여 수많은 한 여자의 가슴에서 죽어버린 아이들의 울음은 영원토록 서성입니다. 수많은 한 여자들의, 단 하나의 심박이 두근거리며

　　여전히 수장된 과거를 흐느낍니다.

수평선

—2014년 4월 16일

나는 지금 수평선에 대해 쓰고자 한다.

그곳은 수평선이고 모든 것들은 그 너머로부터 최초와 최후를 예비하곤 하였다. 수평선으로부터 그 어떤 최초는 비롯되는가. 아니면 수평선으로부터 그 어떤 최후는 망각을 거듭하는가.

고래 한 마리가 적란운을 배경으로 보일 듯 사라지고 있었다. 그곳은 수평선이고 이따금 폭풍은 그 너머로부터 비롯되었다. 화물선이 지나가고 여객선은 침몰을 거듭한다.

돌아올 수 없는 깊이로부터 죽음은 영원히 끝나지 않는다. 고래 한 마리가 지나온 궤적의 마지막을 사무치게 바라보고 있다. 그곳은 수평선이고, 그것은 단호하며, 그 너머의 이야기는 돌이킬 수 없는 과거만을 호명하고 있다.

한 줄기 단호한 획을 그으며 하늘과 바다를 분리해낼 때, 수평선은 불온한 깊이와 거리를 가늠하는가. 고래는 작살에

찔려 침몰을 거듭하는 악몽을 잊을 수 없구나. 그곳은 수평선이고, 태양은 출렁이지 않는 파도의 불온함을 천천히 어루만진다.

나는 지금 수평선에 대해 쓰고 있는가. 아니면 단호한 한 줄기 경계에 서 있는 그 어떤 악몽에 대해 쓰고 있는가. 수평선 너머로 사라진 사람들에 대한 애도는 끝나지 않는다. 그러나 그곳은 수평선이고, 그 너머의 이야기에 대해 나는 여전히 알지 못한다.

여객선은 침몰을 거듭하고, 오징어잡이 어선 몇 척을 향해 캄캄한 바다는 끊임없이 몰려들고 있다. 바다의 채도는 더 이상 옅어지지 않는다. 태양이 쏟아져도 바다의 깊이는 수면을 향해 솟아오르지 못한다.

그곳은 수평선이고, 그곳은 평화롭고, 그곳은 아름다우며, 그리하여 비로소 참혹할 뿐이다.

캠트레일[*]

구름은 뿌려지고 세계는 평화롭다

구름은 한 줄기 비행운처럼 아득했지만, 소문은 불온했고 세계는 영원한 치명致命으로 가득했다

한 줄기 구름으로부터 하늘은 잿빛 구름으로 가득 차올랐다

확인할 수 없는 불안과 공포를 향해 텅 빈 동공은 오래도록 경악했다

진실은 알 수 없었지만 세계는 온통 구름을 향해 무기력했다

제복을 입은 군인은 충성을 맹세하고 연인들은 후미진 계단에 앉아 사랑을 속삭였다

구름으로부터 세계의 몽환은 가득 차올랐으며 누구도 애써 눈물을 흘리지 않았다

치명은 소문으로만 존재했으므로, 세계는 평화롭고 역사는 안온했다

한 조각 구름의 낭만과 유년의 추억 따위를 떠올리지 않아도 캠트레일 아래로부터 세계는

무기력한 낭만과 추억으로 언제나 행복했다

구름이 뿌려지면 세계의 모든 당신들은 행복을 향해 한 걸음 나아가야 했다

구름의 아래는 열을 지어 기도하는 광신도로 넘쳐났고

제복을 입은 군인은 캠트레일을 배경으로 뜨거운 눈물을 흘렸지만

휴양지의 늙은 퇴역 군인은 하늘을 가르는 구름을 바라보며 더 이상 눈물조차 흘리지 않았다

구름 한 점 없는 청명한 하늘로부터 캠트레일은 시작되었지만 그것은 다만

국가와 도시를 경외했으므로

히말라야와 남태평양의 구름을 떠올리는 일은 없었다

구름이 뿌려졌다

무기력한 섹스와 연인들의 키스로부터 세계의 모든 국가와 도시는 완전한 사랑을 만들어냈다

세계는 평화로웠고, 아름다운 국가 國歌만이

확인되지 않은 음계로부터

영원토록 창백하게 울려 퍼졌다

---

* 3,000ft 이상의 고고도를 비행할 때 생기는 콘트레일(비행운)이 금방 사라지는 데 반해, 캠트레일은 수 시간 지속되며 하늘 전체로 구름이 확산된다. 확인된 바는 없지만, 대중을 무기력하게 만드는 화학약품과 미생물을 살포하는 것이라는 음모론이 제기되기도 한다.

노르망디

기착지에 눈은 내리고 내륙은 폐쇄되었나요. 일기예보는 그날의 날씨를 예견하지 못하고, 한 줌 해변을 손에 쥐면 모래는 흘러나옵니다. 흘러내린 모래에는 과거가 음각되어 있나요. 모래는 어느덧 누군가의 예정일이 됩니다.

노르망디 해안을 뒤덮던 폭풍과 연기되지 않은 작전처럼, 예정일은 기습적으로 펼쳐집니다. 물러설 수 없는 해안선에는 공포가 서성입니까. 그것은 '가장 길었던 하루'[*]입니까. 글라이더를 타고 활강하며, 군인들의 예정일은 죽음입니까.

내륙으로 향하는 기차는 몇 개의 죽음과 몇 개의 삶을 매달고 연착을 거듭합니다. 종착지에 이르는 길들은 명백하지만, 기차역마다 도래지로 가지 못한 철새들은 너무나 생생하게 얼어 죽습니다.

노르망디 해안의 포신은 여전히 먼바다를 겨누고 있고, 폭풍은 그치지 않습니다. 바다에 빠져 죽은 군인과, 해변에 유폐된 고래의 죽음처럼, 해안의 접점으로부터 '가장 길었던 하루'는 시작됩니다. 그것은 예정에도 없던 일이지만, 어느덧 예정일로 기억됩니다.

기차는 끊임없이 연착되고, 해변을 쥔 손에서 모래는 하염없이 흘러나옵니다. 예정일은 알 수 없지만 새어 나온 모래가 빈주먹을 만들어낼 때의 질감은 잊을 수 없습니다. 그것은 예정일입니까. 가장 길었던 하루입니까. 아니면 돌이킬 수 없는, 노르망디의, 해안입니까.

* 노르망디 상륙작전이 시작된 1944년 6월 6일을 지칭하는 말.

펌핑

　당신의 피톨이 꽃무늬 벽지에 흘러내리자, 모든 것은 끝이 났다. 두근거리는 심박을 따라 꽃무늬, 아름다운 슬픔은 피어오르고. 벌과 나비가 날아들지 않았으므로, 저물녘의 지는 해는 오래도록 지평선을 망설였다. 숨 막히는 절정도, 절정의 흐느낌도 아니었지만, 꽃무늬 벽지를 따라 피톨은 그 어떤 절정을 반추하며 선명하게 울음을 삼키고 있었다. 당신의 숨이 끊어질 듯 이어지면, 정오의 라디오와 따사로운 햇살이 열린 창문으로 쏟아지며 오후는 비로소 시작되었다. 구름은 하늘의 저편으로 흘러가겠지. 흘러내리는 한 방울 눈물은 구름 때문이 아니었다고, 당신은 이윽고 기억해낸다. 당신의 피톨이 꽃무늬 벽지를 흘러내리며 굳어갈 때, 당신의 손끝으로부터 때 이른 우기는 시작된다. 흐느낌은 그러나 흘러나오지 않는다. 괘종시계의 추가 무미건조한 오후를 끄덕이며, 천천히 눈을 감는 당신을 바라보고 있다. 피톨을 뿜어내는 당신의 심박이 잦아들면, 당신에 관한 이야기는 더 이상 소문을 서성이지 못할 것이다. 현관에 쌓인 신문 더미 속에서 끊임없이 어제는 걸어 나온다. 꽃무늬 벽지를 처음 도배하던 날은 그러나, 이제 기억조차 나지 않는구

나. 그리하여 침수된 지하실에 갇힌 고양이의 사체는 떠오르는가. 지하실의 물을 길어 올리며, 누군가는 직감적으로 부패한 고양이의 사체를 떠올리지만, 당신은 현관문을 바라보며 두근거리는 피톨의 마지막 궤적을 그저 바라볼 뿐이다. 꽃무늬 벽지가 촌스럽다고 당신은 불현듯 생각한다. 벽지를 바르던 남자의 하얀 손도 당신은 떠올린다. *나는 살해되었는가.* 두근거리는 심박이 사라지자 당신은 문득 그것이 궁금해진다. 택시 승강장으로 택시 한 대가 빠르게 진입한다. 당신의 손이 잠시 꽃무늬 벽지를 어루만진 듯도 하였지만, 단지 열린 창문으로 바람이 불어왔을 뿐이었다. 당신은 눈을 감지 못했는가. 아니면 구름은 흘러가는가. 벌과 나비는 여전히 날아들지 않는가.

허밍

어느덧 저녁은 다가오는가. 그리하여 여객 터미널의 선창
가에서 아버지의 노래처럼 당신의 허밍은 들려오는가. 허밍
이 낮은 음역을 회고하며 저녁의 해안선을 돌아 나올 때, 또
하나의 경외처럼 당신은 하나의 페이지를 나서는구나. 당신
은 바다에서 돌아온 어부가 그물을 손질하는 순간을 이야기
하고, 오래도록 저물지 않는 태양은 하나의 징후처럼 또 다
른 출항을 예비한다. 그것은 은유처럼, 혹은 상징처럼 전개
되는가. 당신의 문장을 어루만지며, 당신의 또 다른 당신들
은 미래를 예감한다. 낚싯줄에 매달려 사투를 벌이는 순간
처럼, 당신의 페이지는 팽팽하게 펼쳐지고, 그것은 전설처
럼 혹은 신화처럼, 끝없는 진실을 탐닉하며 심해의 고요를
건져 올린다. 파도가 치면 언제나 해안선은 아름다웠다. 여
객 터미널의 매표소마다 아름다운 항로는 두근거린다. 여
객 터미널의 선창에서 당신은, 가방 속의 낚싯대와 시집 한
권을 떠올려본다. 그것은 은유처럼, 혹은 상징처럼, 당신
을 복기하는가. 아버지의 노래처럼, 당신의 허밍은 기항지
의 해안선을 오래도록 기억하고 싶어진다. 수많은 페이지는
단 하나의 첫 페이지처럼 어느덧 시작되고, 당신은 처음처

럼 채비를 흘리기로 한다. 어느덧 아침은 다가오는가. 해안
선마다 수많은 당신들은 첫 페이지로부터 천천히 걸어 나오
고, 그것은 은유처럼 혹은 상징처럼, 아름답고 평화롭게 기
적을 두근거린다.

허블

어느덧 수억 년 전의 최초와 폐허는 당도한다. 은하의 외
곽으로부터 창세기는 낭독되는가. 죽음을 애도하는 신들의
음성이 들려오는 밤이면 우주의 어둠은 더욱 깊어만 간다.
지구로부터, 머나먼 공중이구나.

허블의 세계 안으로 최초의 우주는 몰락하는가. 어둠의
피사체는 이윽고 하나의 실루엣을 완성해 보이고, 확실한
것은 아무것도 없다고, 늙은 천문학자는 중얼거린다.

자! 탄생과 몰락의 단초는 허블의 세계를 통해 증명되는
가. 그러나 그것은 레바논 국경 인근에서 살육당한 반정부
군과 만우절에 자살한 영화배우의 죽음 따위는 목격하지 못
한다.

별들의 일생과 무관한 죽음에 누군가는 눈물을 흘리는가.
천문학사에 기록되지 않은 별들과 몰락한 우주의 이야기에
대해, 우리는 그 어떤 신화를 떠올릴 수 있는가.

허블의 세계 안으로 모든 천문학사는 완성되며 완벽한 피
사체가 된다. 그리하여 아름다운 빛과, 아름다운 어둠이라
고 누군가는 중얼거린다.

허블의 영역 안으로 들어온 우주는 조립할 수 없는 화음

을 내며 부서져버린다. 밤하늘은 빛나는가. 혹은 아름다운
가. 허블이 바라보는 별들의 몰락이 찬란한 전생을 복기한
다. 지평선의 끝에 어둠은 주저앉고, 폐업한 시계 수리공처
럼 고독하게,

　　우리에게 익숙한 천문학사만이 오늘 밤의 시간적 배경을
어루만진다.

연인들

단 하나의 연인과 헤어지며 당신은 눈물을 흘리는가. 흘리지 않는가. 당신은 빙저호에 갇힌 물고기를 소환할 수 없다는 절망에 쉽게 지쳐간다. 당신의 고양이는 과묵하고, 당신의 머리 위로 편서풍이 불었지만 그곳은 너무나 먼 곳이었으므로, 누구도 그것을 알아차리지 못한다.

강의실마다 불온한 소문이 두근거리면, 당신은 창문 너머로 사라지는 사제들의 행렬을 바라보며 눈물을 흘리는가. 흘리지 않는가. 침묵수도원으로부터 흘러나오는 사제들의 음성을 상상하며, 당신의 학기말은 어느덧 끝을 맺는다.

안타깝지만 세계는 헤어진 연인들로 가득하구나. 그리하여 눈물은 쉽게 마르고 당신의 연애는 이윽고 시시해지는가. 비에 젖은 만국기는 끊어진 채, 돌이킬 수 없는 공중의 저편에 지쳐간다. 당신은 파국을 선언하고 단 하나의 연인은 비로소 이별을 예감한다.

비가 오지 않는 교정을 가로질러 교수가 지나간다. 강의

실마다 확고한 이론과 치밀한 공식은 넘쳐나지만, 정답은 없다고 교수는 흐느낀다. 그리하여 당신의 고양이만이 욕실 앞에서 당신을 기다릴 때, 당신은 새벽을 슬퍼하는가. 선홍 빛 노을에 경악하며 당신은, 믿을 수 없는 드라마의 끝을 예고하는가.

구름의 열병식

저물녘이 몰려오고

더 이상 존재할 수 없는 고도로부터

구름의 열병식은 시작된다

구름은 열을 맞춰 허공을 위무하고

석양은 채도를 높여 경건한 순간을 조명한다

맑고 투명한 공중이 구름의 열병식 사이에서

둥지로 돌아가는 새떼의 쓸쓸한 뒷모습을 가늠하기도 했다

순결한 날들이었고,

구름을 배경으로 세계는 그저 평화를 갈망했다

구름은 자신의 명암을 나누어 빛과 어둠의 극명한 순간을

만들어내기도 하였다

구름의 명암과,

존재할 수 없는 고도로부터

슬픔이나 외로움 따위가 배어 나오기도 했지만

구름은 눈물조차 흘리지 않았다

구름을 향해 태양은, 천천히 어둠을 풀어놓는다

어둠을 예감하면서도 구름의 열병식은

두려움도 없이

빛나는 석양과, 석양의 아름다운 감동에 경의를 표했다

그림자는 길게 출렁였고

언덕 위에 서면 바람은 불어왔다

올라설 수 없는 더 이상의 지점으로부터 구름들은

열을 지어 사라지고 있었다

잡을 수 없는 구름이었지만

구름의 실체는 석양을 받아 선명하게 빛났다

연인들은

구름의 열병식을 앞에 두고

부질없는 사랑을 맹세했다

소년들은 손가락을 걸어 쓸모없는 우정을 다짐하기도 하
였다

구름의 열병식과,

숨이 막히도록 아름다운 세계를 향해

명암과 채도는 경악했고

오래지 않아 세계의 모든 것들은

천천히 소멸에 이르렀다

저녁의 기원

저녁 6시가 시작되면 어둠은 몰려온다
흰 소를 탄 아이가 강물을 건너고 있다
강의 끝에 바다가 있고
반란의 역사처럼 저녁은 다가온다

어느덧 밤은 깊어가는가
지난 세기의 기원처럼
오래전에 죽은 자들의 유골은 뿌려지고
파도는 해변을 상투적으로 핥는다

복원될 수 없는 과거처럼
기념비는 완성되고
저녁의 기원은 이루어질 수 없는 혁명을 남발한다
갯벌로부터 오래전에 죽어버린 시신들은 걸어 나온다

해변에 모텔이 있고
남루한 사랑은 파국을 향해 진부하다
상투적인 체위로 관계하는 밤

폭풍우는 몰아치지 않는다

횟집이 있고 수족관이 있고
폭죽이 있다
출어를 예감하지 못한 고깃배들만이
죽어버린 고래처럼 해변의 6시를 노래한다

저녁의 음역에 앉아
오래전에 죽어버린 새들은
더 이상 화음을 반추하지 않는다
수많은 저녁 6시의 조각들은
이제, 단 하나의 저녁 6시가 된다

그것은 완전한 6시이며
당신의 유일한 저녁이 된다.
그리하여, 저물녘의 황폐한 태양은
6시의 저녁을 흐느끼며
몰락한 해안선의 이야기를
천천히 읊조린다

피오르

축적된 단층으로부터 서사는 시작되는가.

기원전을 향해 오래전에 죽은 자들의 음성은 들려오고, 거대한 모험과 혁명은 피오르의 협곡을 따라 숨 막히는 갈등과 절정을 펼쳐 보인다.

여객선의 항로는 그곳에서 평화롭구나. 서사시를 낭송하던 시인들의 음성은 어느새 사라졌는가.

늙은 여행자는 천천히 책을 덮으며 신화와 전설을 이야기하지만,

어느새 그는 신화와 전설을 부정하며 울음을 터뜨린다.

신성의 영역을 침범하며 세기말은 끊임없이 유예된다.

갑판 위에서 바라보는 일몰은 아름다운 폐허로만 기억되고, 태양이 천천히 몰락을 예비하면

피오르의 내력은 아름다운 황금빛과 어둠으로 오래도록 물든다.

손을 뻗으면 닿을 것 같은 기원전의 이야기가 칼날처럼 빛을 발한다.

〉

　어느새 돌아보면, 확인할 수 없는 수심으로부터

　세이렌의 음역은 여객선의 선미를 천천히 어루만진다. 선미의 물살은 회오리 지고,

　불길한 예언은 저물녘의 바람을 소환한다.

　지난 세기를 천천히 적시며 비는 내린다. 오래전에 잊힌 폭풍우처럼,

　모든 것들은 사라진다고 이국의 늙은 여행자는 중얼거린다. 신성은 퇴각하고 수많은 세이렌은 벼랑 위에 앉아 있다.

　여객선의 1등 항해사는 유빙을 본 것 같다고 잠시 생각하지만, 기원전의 단면을 향해

　불행은 그저 아름다울 뿐이다.

　선수船首로부터 세이렌의 음성과 침몰의 징후가 들린 듯도 하였다.

　신화와 전설의 모든 서사는 퇴각을 거듭하는가.

　피오르의 심연을 소환하며, 유빙은 이윽고 돌이킬 수 없는 눈물을 흘리기 시작한다.

물살은 거세고,

축적된 단층의 행과 불행만이 세이렌의 최후와 여객선의
불길한 항로를 예감할 뿐이다.

THE END

    주인공이 숨을 거두며 영화는 끝이 났다. 감동을 위하여 신파는 바쳐졌고 한 줌 눈물을 흘리며 감정은 정화됐다. 폐기된 석간신문마다 아름다운 일몰과 사랑은 넘쳐났다. 주인공은 마지막 숨을 몰아쉬며 눈물을 흘렸지만, 사랑의 실체는 증명되지 않았다. 폭염 속의 도시는 텅 비어 있고, 사랑은 당도하지 않는다. 영화는 끝이 나고, 그러나 관객은 눈물을 멈출 수 없다. 텅 빈 도시마다 예배와 미사가 찬란했지만 열대야를 견디며 비둘기는 날아오르지 않는다. 쓰레기 분리수거 함에서 토막 난 사체가 발견된 날들의 일이었다. 토막 난 사체의 머리로부터 슬픔은 쏟아졌다. 사람들은 그것을 애증이라 명명하며 한순간 경악을 금치 못한다. 토막 난 사체의 손가락에 끼워진 사랑의 맹세는 변함없지만, 세계의 종말을 외치는 광신도는 외롭고 쓸쓸한 절벽을 앞에 두고 죽음에 이를 수 없다. 모든 의미와 무의미는 사랑 앞에 정의롭지 못했다. 폐사한 가축의 무덤으로부터 부패한 비극은 끊임없이 잉태되었다. 주인공이 숨을 거두자, 토막 난 사체는 오래도록 울음을 멈추지 않는다. 부조리한 연인들이 문득 뒤를 돌아보고, 영화의 엔딩은 아직도 끝이 없다. 도륙당한 가축의 무덤으로부터 무수한 의미와 무의미가 천천히 걸어 나왔다. 남태평양의 해안을 따라 낭만과 사랑은 주인공의 다음 생을 기약한다. 다음 생을 향한 상징이 바람에 나부끼며 슬프고도 아름다웠다. 슬프고 아름다운 상징은 폭염을 더듬어, 토막 난 사체와 폐사한 가축의 무덤을 향해 천천히 걸어 들어갔다. 그러나 어느새 눈물은 전송되지 않는다. 영화는 끝이 났고, 감동은 아주 잠시, 잠시 동안만 영원토록 지속되고 있었다.

해설

Catastrophe and the Cure* — 파국으로 인유되는 세계

신동옥 / 시인

'유토피아'라는 말은 이 세상에는 없는 장소라는
뜻이다. 태양의 나라, 율도국, 라퓨타…… 기린과
야후가 떼를 지어 뛰어다니고, 순정한 욕망으로
하나가 된 도적떼가 모여 산다. 모두의 행복을 위
해 노동을 해서 모두 공평하게 나누는 세상이다.
저 바다 너머, 하늘 아래 세상은 여전히 지옥이다.
유토피아가 이 세상에 없는 장소인 이유는 그곳에
모종의 '현실성'이 없기 때문이 아니다. 이 땅이
유토피아로 실현될 수 없는 이유는 그런 공간이

* Explosions in the sky,《All of a sudden I miss everyone》음반 5번 트랙. 일단 시집을 떠받
칠 배경음악으로 이 음반을 걸어놓는다. 트랙 순서는 다음과 같다. 01 〈The Birth And Death
Of The Day〉, 02 〈Welcome Ghosts〉, 03 〈It's Natural To Be Afraid〉, 04 〈What Do You Go
Home To?〉, 05 〈Catastrophe And The Cure〉, 06. 〈So Long, Lonesome〉.

맞춤한 제도와 조건을 거느리고 건립될 가능성이 없기 때문이 아니라는 말이다. 저 율도국의 도적들의 '노략질'은 부조리와 차별과 허위의식으로 얼룩진 현실에 대한 치열한 반성과 대결의 결과로 선택된 그들 나름의 기율이었다.

유토피아에 대한 상상은 동전의 양면처럼 디스토피아에 대한 상상을 거느린다. 현실에 대한 부정성이 강렬할수록 유토피아에 대한 상상력은 정합성을 얻는다. 태양의 나라와 라퓨타가 어디 성운 한가운데나 바다 한가운데 있는 이유는 상상할 수 있는 가능성의 최대치를 부여하기 위한 고육책이다. 모든 이상향은 비현실과 망상을 최대한 덧씌워 그려내야 설득력을 얻는다. 이렇게 그려진 이상향은 어디에 있기는 있을 법한 '핍진한 이야기'를 간직한 장소로 읽힌다. 어떻게 그려내든 유토피아는 어딘가에는 있을 법한 곳이어야 한다. 비현실의 현실성, 없음의 있음! 이 아이러니가 말해주는 것은 무엇인가? 유토피아에 도달했다고 상상해보라. 유토피아가 2016 대한민국의 인민에게 닥쳤다고 가정해보라. 그때 우리가 겪게 될 '정신의 공황'을 상상이나 할 수 있는가? 모든 것이 현실이 된 그곳에서 더 이상 무슨 꿈을 꾸고, 여기가 아닌 다른 곳의 삶을 이야기할 수 있겠는가!

　유토피아에 대한 묘사는 애초에 존재할 수 없는 시공간에 대한 상상을 극한까지 밀어붙인다. 어딘가 있기는 있을 현실의 질서, 억지 춘향이 아닌가. 유토피아는 가능성의 파국이다. 그곳에는 더 이상 물러날 곳도 나아갈 곳도 없기 때문이다. 유토피아가 '실재'가 되는 순간 인간은 더 이상 '가능성', '희망'과 같은 단어를 생각하고 느낄 필요가 없다. 유토피아에 대한 묘사는 우리가 디디고 선 지금, 여기, 이곳을 파국으로 그려 보이는 데서 시작된다. 오래전의 농담 하나. 평생 우주의 끝만을 상상한 천문학자가 있었다. 그는 평생을 연구해서 우주의 끝에 관한 인류의 오랜 궁금증을 풀었다. 그는 손수 설계한 우주선을 타고, 손수 만들어낸 항법을 따라, 손수 구해낸 궤도를 따라 마침내 우주의 끝에 다다랐다. 그곳은 그의 유토피아였다. 거기에는 이런 전광판이 걸려 있었다. "여기는 우주의 끝입니다. 이제 집으로 돌아가십시오."

　다시 말하자. 유토피아는 가능성의 파국이다. 파국을 곡진하게 묘사하면 인간이 꿈꾸는 '가능성의 끝장'을 보여줄 수 있다는 말 아닌가? 반문할 이도 있을 것이다. 파국을 그려 보이는 것도 간단치는 않다. 인간이 인간인 이상 그는 파국을 묘사할 수 없다. 아니 왜? 단테가 있고, 보카치오가 있고, 저 허다한 묵시록들과 지옥도들이 있지 않은가! 그건 어떻게 해명할 것인가? 인간은 파국에 서서도 곧 다시 터를 다진다. 인간은 지옥에서도 집을 짓는다. 그것은 생존의 관성이지 문장과 언어의 관성이 아니다. 인간은 파국에 서서 곧 터를 다지고 벽을 세울 것이다. 돌이킬 수 없는 총체적인 난관과 불가해한 파국에 이르러서 극단적인 선택을 한다 해도 파국은 끝끝내 인간을 다시 건립한다. 아우슈비츠를 지나왔다고 인간이 짐승이 된 것은 아니다. 인간은 파국을 견디고 살아낼 시간을 가진 적은 있지만, 파국을 묘사할 시간은 가진 적이 없다.

파국에 대한 묘사는 늘 파국 이후에 대한 묘사다. 지옥은 선험적으로 존재하지 경험적으로 존재하지 않는다는 말이다. 누가 지옥을 경험했는가? 어떤 형태가 되었든 파국은 이전에 인간이 경험한 적조차 없는 정교한 방식과 장치를 동원하며 재건축된다. 인간은 파국 이후를 역사로 주워섬긴다. 파국은 모든 생성 속에 서식한다. 조망할 수 없는 길고 느린 흐름 속에서 파국은 생명력을 부여받는다. 역사는 파국의 서식지이다. 역사로서의 당대와 현실에 눈을 돌릴 때 어떤 시는 파국 이후의 읊조림이다. 시인인 그는 파국의 구조를 선험적으로 눈치챈다. 그에게는 파국을 '경험 차원'에서 겪은 동반자가 필요하다. 그가 필요로 하는 동반자는 그의 구원자이다. 단테의 구원자 베아트리체, 단테의 길잡이 베르길리우스와 같은 이들 말이다. 베르길리우스와 베아트리체의 길항 속에서 단테는 구름의 계단을 거쳐 천국을 언뜻 본다.

첫 시집과 두 번째 시집에서 일상성과 거기서 비롯된 탈주의 욕망과 질주의 쾌감에 관한 집요한 탐구에 열을 올렸던 조동범이 이번에는 '파국 이후'라는 주제에 도전장을 내민다. 조동범은 길잡이 베르길리우스의 자리에 자신이 생각하는 '시인 표상'을 앉히고, 구원자 베아트리체의 자리에 '당신'을 앉히고 길을 튼다. 뒤를 밟아보자.

시집의 표제 '금욕적인 사창가'는 프랑스의 사진작가 브라사이의 작품에서 왔다. 사진은 브라사이의 〈밤의 파리〉 연작 가운데 하나다. 창녀, 부랑아와 댄디 들이 어우러진 1930년대 파리의 밤, 뒷골목과 카페와 길과 골목이 브라사이의 앵글에 담겼다. 2차 세계대전 전후로 파리는 빈의 문화적인 유산과 베를린의 역동적인 분위기를 동시에 뿜어냈다. 파리는 예술과 문화의 중심이었다. 브라사이의 사진은 저널리즘적인 시선을 일관되게 유지하면서도, 특유의 유머와 애잔한 슬픔을 동시에 담고 있다. 브라사이의 사진 속에는 흐릿하고 몽롱한 불빛 아래 벌거벗은 몸으로 널브러진 창녀들이 중심에 놓인다. 벌거벗은 채로 카페와 골목을 활보하는 그녀들의 모습에서는 불길하고 음침한 시선이 '에로틱한 분위기'와 어우러져 불균질한 아우라를 뿜어낸다.

표제작에서 '당신'으로 호명되고 있는 이는 (성)노동이 끝나고 침대 위에 누워 있는 창녀다. 창녀는 오로지 매음의 순간에만 스스로 자신의 몸을 온전하게 들여다본다. 매음이 끝나자 '당신'에게서 당신의 몸이 분리된다. 몸이 분리된 '고깃덩어리 몸'으로 창녀는 자신을 응시한다. 매음이 끝난 마지막 절정의 자세가 창녀의 몸뚱이를 응시하고 있다. 마지막 절정의 자세가 허공을 감각한다. 그러니 창녀는 끊임없이 절정의 마지막 순간을 반추하며 몸을 쉬는 것. 창녀는 마지막 자세와 더불어 욕망이 거세된 채로 유지될 수 있는 관계, 즉 피크닉을 상상한다. 카니발은 끝났고 창녀는 울음조차 말라버렸다. 마지막 경련과 더불어 굳은 채 정지한 그의 마지막 자세만이 고요 속에서 울음을 터트린다. 매음이 끝난 시간에서 매음이 다시 시작되는 시간까지, 낮의 세계는 평화롭다. 창녀의 몸속을 훑고 사라진 절정의 한순간이 안온하게 휴식에 바쳐진 세계를 지탱한다고 '시인'은 쓴다.

시집 전체에 걸쳐 호명되고 있는 당신의 정체는 무엇일까? 당신은 시 속에 담긴 메시지의 수신자일까? 두 번째 작품 「어른 어른 그리고 어른」에서 당신의 매음이 '나'에게 어떤 의미인지 비교적 소상히 드러난다. "당신은 나의 성기를 만지며 쉽게 달아오른다." 당신은 나의 몸을 매개로 자신의 섹슈얼리티sexuality를 한껏 이끌어내는 존재인 셈이다. 당신에게 매음은 자신의 생명력을 재확인하는 작업이라는 말. 당신과의 만남으로 나는 변한다. "채 자라지 못한 나의 음모와 무성한 당신의 음모가 만날 때 드라마는 시작된다." 그러나 "당신과 나는 드라마를 믿지 못한다." '가랑이진 곳으로부터 무수히 많은 당신들이 나를 핥고, 당신은 가랑이진 나로부터 어른 어른 텅 비어간다.' 당신이 어른거리는 모양은 공명음처럼 반향을 남긴다. 마침내 당신은 유령처럼 사라진다. 시에서

나는 당신과의 만남을 통해 '성'이라는 넘어설 수
없는 차이를 넘어선다. 어쩌면 인간에게 본질적
인 차이랄 수 있는 성차를 넘어선다는 것은 황홀
한 드라마일 것이다. 미분화된 몸뚱이가 분화를
겪을 때 성징은 오롯해진다. 여기에 어떤 자의적
인 결절점이 더해질 때 젠더gender는 생성된다. 순
간 인간의 몸뚱이에 어떤 폭력적인 시선이 내장된
다. 당신이 내게 선물한 '절정'은 이제까지 한 번
도 가져본 적 없는 '비인간의 성'과 같은 의미일
수 있다. '남성/여성'이 아닌 제3의 성을 경험한다
는 것은 언어의 작용으로는 설명할 수 없는 어떤
기이한 변형metamorphosis을 정신에 욱여넣는 일
이다. 그러나 나는 절정의 감각을 가져보았음에
도 성차라는 벽을 넘어서지는 못한다.("사건의 지
평선을 노래하는 카스트라토는 부풀어 오르지 않는 가슴을
잠시 슬퍼합니다."(「male」))

　　나에 비하자면 당신은 욕망 앞에서 한없이 자
유롭다. 당신은 매음을 하는 것이 아니라, 오히려
'나의 가슴을 탐닉하고', "나의 샅을 파고들며",
"나의 가슴을 움켜쥔 채 마지막 자세가 되어"간
다.(「탐미」) 당신과 나는 성 역할을 바꾸어가며 서
로의 '과거사'와 '전생'까지 나눈다.* 하지만 오직

당신만이 자신의 욕망을 조감한다. 당신은 전생
으로부터 떠나와 이곳에 왔지만, 언제 어디로든
돌아갈 수 있는 존재처럼 보인다. 왜냐하면 당신
만이 저 '파국의 역사'와 '절정의 드라마'를 온전
히 기억하고 있기 때문이다. 당신은 우리 모두가
잊어버린 무언가를 끝끝내 기억하고 있는 마지막
'열쇠'와도 같은 인간이다. 당신은 기승전결이 완
전한 "당신의 서사"(『소녀들』)를 가지고 있고, 나
는 불완전한 '당신에 관한 이야기'를 주워섬길 수
밖에 없다. 때문에 당신은 늘 신비롭다. 내게 당신
은 언제나 "이국의 당신"(『기항』)이다. 시인은 파
국의 풍경을 완성하기 위해 퍼즐을 하나하나 맞추
고 있고, 파국을 돌파할 가능성을 당신에게만 남
겨두고 있다. 그러니 화자인 '나'는 당신이 틀어쥔
가능성에 목을 매면서 당신과 나의 관계를 중심으
로 세계를 재구성하는 수밖에 없는 것이다. 이 도

---

* 조동범의 행간에는 '젠더 벤딩(gender bending)'이 없다. 남성이면 남성, 여성이면 여성일 경우가
많다. 어쩌면 이 부분에서 조동범이 보여준 '에로티즘' 속에서 '성적인 뉘앙스'가 완고한 '성적
편견'으로 재현되는 것처럼 보였을 수도 있다. 어쩌면 이것은 시인이 의도한 전략일 것이다. 그
간 조동범의 시에서 성은 사회 상징적인 '역할과 갈등'에 대한 인식을 좇혀둔 지점에서 의미를
드러내는 경우가 많았다. 조동범에게 인간은 우선 몸뚱이이고, 몸뚱이가 움직이는 방식들이 '관
찰과 묘사'의 대상이다. 몸뚱이와 행위의 얽힘은 단순한 이야기에서 벗어나 점점 복잡한 층위의
스토리를 구성하기 시작한다. 조동범의 시에서 '플롯'은 극의 지문이나, 영화의 쇼트와 신에 버
금갈 만큼 중요한 장치로 기능했다. 이번 시집에서는 이런 양상이 더욱 도드라진다. 섹슈얼리티
와 에로티즘의 길항을 쇼트 단위로 보여주면서 한 편 한 편의 시를 완성하기. 그리고 그런 방식
으로 전체 시집의 퍼즐을 맞추기.

식 속에서 당신과 나의 관계는 '가학-피학'의 문법
을 따를 공산이 커진다. 나에게는 아무런 선택지
가 없기 때문이다.

　당신은 파국을 이야기하지 않는다. 당신은 그저 흘러가는 구름과 지평
선 너머의 태양과 적막한 세기말의 오후를 어루만질 뿐이다. 해먹 위의 저
물녘처럼 당신은 천천히 사라지려 한다. 스윙의 리듬에 맞춰, 당신은 시를
쓰고 있는 당신의 남자를 중얼거린다. 시집의 첫 페이지를 펼치면 수많은
당신과 남자의 이야기가 예비되어 있지만, 당신은 결코 시집의 첫 페이지
를 넘기지 못한다. 허름한 빌라의 주차장에는 오래도록 입을 맞추고 있는
연인들이 즐비하고 카페의 주인은 전화를 걸어 당신을 유혹한다. 사랑은
허무하고 시의 문장은 쓸모없는 세계라며 당신의 남자는 절망한다. 모든
문장과 모든 관계는 시집의 첫 페이지에 존재하지 않는다고 당신의 남자
는 믿게 된다. 당신은 산책이 취미이고 어디론가 떠나려 한다. 세상의 모
든 골목을 알고 있는 것처럼, 플랫슈즈를 신은 당신의 발이 아름답게 빛난
다. 시집의 끝에 파국이 있다고 당신은 두려움에 몸을 떤다. 시와 사랑을
속삭이지 않을 때 당신은 가장 빛난다고, 당신은 생각한다. 남자의 문장은
여전히 시집 속에 갇혀 당신을 호명하지 못한다. 언덕 위의 식당에서 밥을
먹는 당신은 홀연한 음성으로만 남는다. 당신의 남자는 허기를 느끼고, 파
국은 배고픔과 같은 것이라며 시집의 첫 페이지를 덮는다. 정처 없는 문장
을 당신의 남자는 끝날 수 없는 절망과 소멸처럼 슬퍼한다. 손쉽게 저녁은
오고 당신의 남자가 주문한 음식은 만들어지지 않는다. 플랫슈즈를 신은
당신의 발이 빛난다. 스윙의 춤을 추며 당신은 저물도록 사라진다. 스윙
스윙, 골목길을 폴짝거리며, 당신은 시집의 첫 페이지를 영원히 잊기로 한
다. 그러나 감은 눈을 뜨면 당신은, 시집의 첫 페이지를 마주하고, 파국을

두려워한 전생의 어느 날을 후회한다.

—「스윙 스윙 그리고 당신」 전문

       당신을 호명하는 '남자의 문장'은 '시집과 시의 언어' 속에 갇혀 있는 한 결코 당신을 호명하지 못한다. 변형과 굴절을 겪은 언어로는 당신이라는 신비와 절정에 가닿을 수 없다. 당신과 내가 잠시 하나가 되었던 황홀한 순간은 당신이 나에게 자신의 궤도를 양보해서 잠시 한 몸뚱이로 하나의 궤도 위에 진입한 항성과 비행체의 '인력-척력'의 제로섬 게임 상태의 결합과도 같았을 것이다. 내가 느끼는 황홀이 늘 죽음에 맞닿아 있다는 것을 당신은 알고 있다. 당신은 파국과 지옥을 경험한 적이 있고, 그것을 잊지 않고 있기 때문이다. 가만히 생각해보면 당신이 자신을 알게 된 것은 '강제로 몸을 버리고' 스스로 절정에 탐닉했기 때문이다. 당신은 원죄와도 같이 '파국'을 경험한 유일한 인물인 것이다. 파국의 경험은 당신의 전생이다. 그러나 당신이 경험한 파국은 누구에게도 이심전심으로 전해질 수 없다. 시를 쓰는 당신의 남자는 파국의 페이지를 묘사하려 하지만 시집의 끝장에 이르러도 결코 파국의 서사를 알지 못한다. 어쩌면 시를 쓰는 나 역시 당신을 스쳐간 수많은 남자들 가운데 하나일 뿐일지도 모른다. 절정은 오래전에 끝났다. 당신을 제외한 모든 것은 자본과 교환의 질서에 묶여 있고, 그들이 소비하는 것은 결코 그들의 욕망을 모두 만족시켜주지 못한다. 그들은 표류하고 있다. 목적지는 없다. 목적지가 없기에 그들은 끊임없이 갈망할 수 있는 것일지도 모른다. 갈망하는 인간은 기억의 도구일 뿐일 수도 있다. 유폐된 기억의 도구인 인간의 몸뚱어리, 그리고 그 몸뚱어리를 끝까지 경험한 당신의 세포 하나하나는 '내 기억의 경전'이다.

시집 전체를 통틀어서 맴놀이 하듯이 변주되는 풍경들을 되짚어보라. 어쩌면 적도 부근, 공항이나 기차역에서 멀리 떨어진 해변, 호텔, 카페가 늘어선 거리다. 어쩌면 아르누보풍의 가구가 뒹구는 폐허 직전의 풍광일 수도 있고, 1930년대 풍의 스윙 재즈가 웅성거리는 해변 휴양도시의 뒷골목일 수도 있다. 한편에는 거만하게 수염을 꼬고 탁자에 다리를 올린 장군이 있고, 한편에는 알 수 없이 열에 들뜬 소년과 소녀들이 있다. 한편에는 매음부들이 도시의 뒷골목과 카페에서 벌거벗은 몸뚱이로 돌아다닌다. 바지런한 시인의 시선은 이들 모두의 이야기를 보고 들은 대로 전한다. 방사능 낙진이 퍼붓고 지나간 것만 같은 도시의 뒷골목에서 퍼붓는 잿빛 비를 맞으며 시인은 '당신'을 찾아 헤맨다. 이야기는 나아갈 수도 물러날 수도 없는 지경에서 오직 당신이라는 희망과 가능성의 열쇠 하나만을 찾아 떠나는 여행의 구도를 닮는다. 시집의 2부에서 3부로 넘어가면서 이 구도는 보다 역동적인 그림으로 다가온다.

대륙횡단특급의 철길을 중심으로 세계는 언제나 이편과 저편으로 나뉜다. 이편은 진실이고 저편은 거짓이다. 저편은 진실이고 이편은 거짓이다. 들소들의 잘린 혀가 파랗게 질린 선대의 주술 속에서 완벽하지 않은 불행을 노래한다.

미지를 가로지르며 대륙횡단특급의 미래는 새롭고, 목이 잘린 들소들의 과거는 끝나지 않은 비명을 배회한다. 언제나 바람은 불지 않고 씨앗은 산맥 너머에서 발아하지 않는다. 대륙횡단특급의 은밀한 차창은 참혹한 들판을 간단히 추모하고, 아무도 눈물을 흘리지는 않는다. 시간변경선을 거스르며 과거는 끊임없이 반복된다.

　―「대륙횡단특급 5」 부분

이 기차는 명징한 물리적인 시공간을 가르며 달리고 있다. 이론과 원칙이 지배하는 세상의 이쪽과 저쪽을 가르고 있다. 이제는 마치 숨처럼, 대기처럼, 물처럼, 공기처럼 익숙하리만치 익숙해져서 있어도 없는 것만 같은 '진실/거짓', '이편/저편'의 경계를 달리고 있다. 기차는 섣불리 '선악', '미추', '진위'의 준거들을 가로지르지 않는다. 기차는 경계를 무화하는 것이 아니라, 경계를 확증하고 공고히 바라보게 만들면서 달려가고 있다. 무모하게 준거들을 이월하며 달리지도 않는다. 시인은 냉소하지 않는다. '진실과 거짓이라는 게 어딨어! 그 차이를 만들어내는 너희들의 생각과 느낌의 근원은 무언데? 너희가 인간이기에 너희들이 진실과 거짓의 판별자라고? 웃기는 소리 마!' 상대주의에 함몰되지도 않는다. 오히려 시인의 상상력이 끌고 가는 이 기차는 이편에서 진실에 참견하고, 저편에서 거짓을 폭로하기에 바쁘다.

그리하여 시인은 이렇게 말하는 것만 같다. 그모든 '진실/거짓'의 이항 대립은 마치 반으로 접힌데칼코마니의 꼭 닮은 이미지와 같다고. 어딘가에는 진실과 거짓이 구분되는 명징한 경계선이 있다고. 거기에 선 하나를 그어 한 번 접으면 '횡단선의 지도'는 정확하게 포개질 것이라고.

시인은 '거짓/진실', '차안/피안'이라는 양안이 만든 데칼코마니의 총체성을 복원하기 위해 대륙을 넘어, 행성 사이를 가로지르는 기차를 상상하는 셈이다. 기차는 이제는 입에 담기 무거워 애써 잊고 있었던 '당연한 것들', '당연히 있어야 할 것들'의 자리와 가치를 일러주면서 여정을 이어간다. 이미 알고 있었던 것들의 '비명'과 '주술'을 들려주며 선로를 이어간다. 기차는 우리에게 익숙한 세계의 배후를 향해 육박해 들어가며 여정을 확장하고 있는 것이다. 그러니 이 여행은 시작부터 이탈이 불가능한 여행인 셈이다. 탈주선은 어디에도 없다. 그렇다면 이 기차를 움직이게 하는 꿈과 상상의 기관organ은 어디에서 동력을 얻는 것일까? 미지未知가 없는 기지旣知를 재구성하면서 만들어내는 상상력은 어떤 모양새일까? 위에 인용한 「대륙횡단특급 5」는 「행성횡단특급 1」에서 다음처럼 변주되며 맞쪽을 만들어낸다.

당신들의 세계를 떠남으로써 새로운 세계를 희망했습니다. 당신들의 좌표는 정확했지만 그것이 언제나 예측할 수 있는 세계를 보여줄 수 있는 것은 아니었으므로, 당신들은 절망했습니다. 죽어버린 별들의 섬광을 영원토록 선보이며, 미지로 가득한 우주는 이제 눈물조차 흘리지 않습니다.

당신들이 떠나온 세계와는 이제 영원한 결별입니다. 우주선을 향해 별들의 시간은 오래 전에 사라진 순간들을 전송하고요. 미지로 남은 좌표를 앞에 두고 행성횡단특급은 언제까지나 종착할 수 없습니다. 행성횡단특급의 당신들은 썩지도 못하는 숨을 거둔 지 오래입니다.

　— 「행성횡단특급 1」 부분

　　　　　스킬라와 카리브디스 사이에서 당신이 간직한 '파국의 서사'를 완성하려는 시인의 묘사는 계속해서 행간을 이어간다. 건조한 산문시 형태로 면적과 부피를 더하며 퍼즐을 끼워 맞춘다. 대체로 로드 무비는 잃어버린 시간 속에 묻어둔 희망과 갈망의 서사를 완성하는 데 바쳐지는 '욕망의 서사'이기 십상이다. 애초의 그곳을 찾아서 떠나는 이야기 속에는 누구도 보지도 듣지도 못한 맨 처음의 이야기를 들려주는 인간의 몸이 있다. 먹고 마시고 흘레하는 일일랑 모두 잊어먹은 듯이 가락을 붙여서 '알파' 하고 발음하는 아득한 입술이 있다. 그 맨 처음의 발음 속에서 이야기는 태어난다. 최초의 서사는 아마도 그렇게 태어났을 것이다.

이제는 아무도 기억조차 하지 못하는 그 이야기를
재구하기 위해서 여행은 시작되고 로드 무비는 불
가능한 완결을 꿈꾼다.

세계의 끝으로 기차는 출발했어요. 극점을 향해 나침반은 단호했고요.
그러나 어쩌면 세계의 끝은 존재하지 않아요. 세계의 끝에는 무너진 애초
와 죽어버린 부모들의 폐허가 담담했고요. 유폐된 기차를 타면 언제나 세
이렌의 노래가 들려왔어요.

세계의 끝에는요. 아무도 찾지 않는 극점만이 쓸쓸하고요. 세계의 끝으
로 가는 기차의 철로는 황폐한 소멸만을 기록하고 있어요. 극지로부터 이
제는 세이렌의 노래조차 들려오지 않아요. 세이렌의 노래조차 들려오지
않으므로 세계의 마지막과 비극은 영원토록 끝이 없어요. 나침반은 극지
를 가리키며 서글프고요. 침엽수림의 끝으로부터 치명致命처럼 세계는 소
멸에 이르고 있어요.

─「대륙횡단특급3」부분

로드 무비가 꿈꾸는 종착지는 바로 유토피아.
이 지점에서 모든 로드 무비는 신화적인 속성을
띤다. 길에 가로놓은 무수한 허방과 암초를 피해
가는 지혜와 느닷없이 출몰하는 방해자와 조력자

들 사이에서 갈피를 잡는 우연한 운명들은 로드 무비에 빠질 수 없는 장치들이다. 이런 장치들은 삶에 닥쳐오는 시련에 어떤 희망의 갈피를 암시하는 수도 있지만, 본질적으로는 길을 떠난 자가 마음속에 간직한 욕망의 '완력'을 돋보이게 만든다. 손쉽게 길을 잡고, 길을 트고, 목적지를 향해 거침없이 지도를 펼쳐 보이는 그이의 발걸음 속에서 자디잔 시련의 서사들은 더욱 빛난다. 간단하게 정리되는 스토리는 운명론의 시작과 끝을 보여 주는 것만 같다. 그러니 다시 말하자. 로드 무비는 비극의 서사를 흉내 낸 신화다.

대륙의 철도로부터 또 다른 당신은 비롯되었어요.

두 개의 심장은 대륙횡단특급의 차창 너머로 펼쳐진 하나의 서사를 향해 두근거렸고요. 당신의 손을 만지며, 또 다른 당신은 대륙횡단특급의 영원한 최초를 떠올립니다. 오래전에 심장을 떠난 심박들은 어느새 잊을 수 없는 리듬을 만들어내고요. 대륙횡단특급의 기적은 명징한 리듬을 걸어 미래가 되어갑니다.

일월이 지나면 어느덧 이월이고요. 우리는 한없이 늙어버린 겨울을 맞이할지도 모릅니다. 그러나 두 개의 심장은 여전히 두근거리는 미지의 일월을 예비하고요. 두 개의 심장으로부터 언제나 처음인 단 하나의 서사는 비롯됩니다.

별은 빛나고, 원시의 숲에서는 한 번도 발굴된 적 없는 오래된 이야기가

서성입니다. 대륙을 횡단하는 기착지마다 두 개의 심장은 하나의 추억만
을 회고합니다. 잊을 수 없는 기착지의 이야기들이 두근거리는 전설처럼
당신들의 심장에 음각됩니다. 당신의 이야기와

또 다른 당신의 이야기는 대륙횡단특급의 철길을 따라 영원토록 끝이
없고요. 당신의 옆자리는 언제나 또 다른 당신만이 가득합니다. 당신들의
맞잡은 손금마다엔, 오래된 전생의 이야기가 낯설지 않은 음역을 따라 흘
러가고요. 하나의 서사가 된 심장은 어느새 두근두근, 당신이 된 또 다른
당신을 천천히 어루만집니다.

— 「대륙횡단특급 4」 전문

신화와 비극의 장치들을 시에 가져다 쓰는 것은
조동범 시의 익숙한 특장이라는 점은 이 지점에서
새삼스럽다. 비극과 신화의 장치들을 가져다 쓴
로드 무비, 이 시집의 뼈대를 이루는 플롯이다. 길
떠나는 자의 발걸음, 행낭을 맨 미세한 등근육의
떨림, 앞길을 내다보는 눈초리의 파들거림은 왠지
불안하지 않은가? 그가 들여다보는 지도는 그이
가 품은 세계의 비참을 고스란히 드러내고 있는 것
이 아닐까? 지도와 희망 자체가 그이의 독신篤信과
아집의 표상 아닐까 말이다. 그러나 그러한 간절
한 믿음과 세계 표상마저도 모두 당신만이 간직한
비밀이라면, 시인은 마지막으로 (거의 울부짖듯이)

다시 물을 수밖에 없다. 도대체 당신은 누구인가?

　당신은 몸을 파는 창녀고, 소녀고 소년인 동시에 장군이기도 하다. 당신이 이들 모두의 과거라면 과연 당신은 누구의 미래인가? 당신은 성별도 나이도 없는 미지칭의 존재다. 출생이 불분명하기에 기원도 없다. "당신의 최초는 더 이상 사라지고 없"다.(「마더」) 당신이 내뱉는 말은 대부분 즉자적인 존재 조건에서 시작되고 끝난다. 누구에게도 맥놓이지 않지만 모든 세계를 대상으로 방백을 한다. 당신이 전해주는 생각과 느낌은 도무지 요지경 속이다. 아무것도 전해줄 수 없는 당신은 "옷을 벗고 가랑이진 밤을 흐느낀다."(「출항기」) 가랑이지는 이야기들. '가랑이지다'라니. 이야기의 끝으로 치달을수록 결말은 한없이 많은 가능성을 향해 유보되며 갈라지고, 갈라지고 또 갈라진다.*

　'진실을 알 수 없는 세계는 구름 한 점 아래서도 무

---

* 이번 시집에는 의미상 '비문'에 가까운 문장들이 여기저기 출몰한다. 이를테면 이런 문장들. "당신의 마지막 자세로부터, 열린 창문과 흔들리는 커튼은 이윽고 나른한 오전을 배회하고 싶어진다."(「금욕적인 사랑가」) "창문은 열려 있고, 단호하게 닫힌 현관을 바라보며 텅 빈 두려움은 절정의 감각을 비롯하게 웅성거릴 뿐이다. 절정은 어느덧 그 누구도 떠올릴 수 없는 오늘 밤을 절망하기로 한다."(「수음」) 주어가 생략되고 동사와 형용사가 잇따라 계속되거나, 관념어가 주어가 된다. 사물이 관념이나 정서를 입으면서 의인화된다. 비문은 '인용 가능성'을 극한까지 드러내려는 의도에서 비롯된다. 유형(type)과 사례(token)를 하나의 질서로 일이관지(一以貫之) 하려는 욕망이 비문에 가까운 문장을 부른다. 압도적인 시적인 대상인 '당신'을 보다 온전하게 그려 보이기 위해서, 화자의 억눌린 '욕망'을 누설하는 문장들. 그런 욕망이 전이된 호흡과 리듬은 자연스럽게 비문에 가까운 '리듬과 문법'을 만들어냈을 것이다.

142

기력하다.'(「캠트레일」) "어제가 오늘이 될 때, 혹은 오늘이 어제가 될 때, 역사는 시작되지 않는다." (「출항기」) 어제를 온몸으로 부정할 때 모든 가능성을 틀어쥔 특권적인 시각이 비롯된다. 역사를 조망하는 시야는 고통스러운 '경험' 속에 육화된다. 인간의 몸으로 감각되지 않는다. 그러니 파국은 결코 묘사될 수 없다. 오늘의 불완전한 조건을 넘어설 때 '유토피아의 꿈'은 사라진다.

당신과 나의 혀가 맞닿으며 오래된 추억은 회고됩니다. 그리하여 파도는 밀려오고, 우리의 파국은 쉽게 감지되지 않습니다. 해변으로부터, 불온한 피를 뚝뚝 흘리는 시신들이 걸어 나오면, 바다의 농도는 이해할 수 없는 피의 문양으로 가득 차오릅니다. 당신과 나의 발목에는 피의 문양이 음각되고, 물러설 수 없는 사랑의 파국을 떠올리며 우리의 혀는 감지할 수 없는 어느 지점을 탐닉합니다. 불길함에 발을 담근, 당신의 얼굴은 오래전에 인화된 흑백사진처럼 천천히 사라지지만, 나는 곧 당신이고, 당신의 황폐한 내력을 여전히 나는 서성입니다. 석양은 오래도록 사라지지 않고, 헤어진 연인들처럼 우리는 눈물을 흘립니다. 해변의 석양을 배경으로 나누던 키스는 오래지 않아 소멸에 이를 것이지만, 최선을 다해 우리의 키스는 사랑을 속삭이고 있습니다. 나의 혀가 당신의 혀로 전이될 때, 당신의 절정이 나의 절정으로 환원될 때, 당신은 오래전에 헤어진 애인을 떠올리며 파멸에 이른 오르가슴을 소환합니다. 사랑은 충만하고, 우리의 키스는 입안 가득 말라가며 희미해지는 순간을 더듬습니다. 당신과 키스를 나누며 나는 숨조차 쉬지 못하고, 몸 안의 산소가 희박해지며 새로운 세계는 펼쳐집니다. 당신의 숨과 나의 숨이 맞닿으며, 우리는 기억나지 않는 전생을 영원토록 잊지 못합니다. 전생을 생각하면 언제나 눈물이 난다고, 당신은 속삭입니다. 당신의 혀가 나의 혀를 휘감고, 오래도록 우기雨期는 끝나지 않습니다. 수평선을 위무慰撫하며 적란운은 피어오릅니다. 해변에는 온몸의 피가 빠져나간, 맑고 투명한 시신들이 명징하게 떠오릅니다. 바다는 이해할 수 없는 피의 문양으로 가득 불길하고, 우리는 키스를 나누며 그 해변을 오래도록, 첨벙첨벙 서성입니다.

　—「키스」전문(밑줄, 필자 강조)

　　이야기의 결말이 끝없이 갈라진다. 가능성조차 희미해지기에 역사는 파국이로되 끝을 알 수 없는 파국이다. 그렇다면 당신만이 알고 있는 '전생'의 기억은 어떻게 나에게 전해질 수 있는가? 역시 답은 몸에 있다. 역사와 이야기가 가랑이져서 끝을 새끼 쳐서 절망을 불러오는 방식 그대로, "오르가슴"과 "절정" 역시 당신과 내가 몸을 섞을 때마다 천 갈래 만 갈래로 가랑이진다. 역사의 파국을 알 수 없는 것과 마찬가지로, 우리의 미래에 들이닥칠 것만 같았던 파국 역시 감지되지 않는다. 당신과 나는 결코 나눌 수 없는 파국 속에서 하나가 된다. 파국 속에서 시작을 다시 꿈꾼다. 몸뚱이의 상처를 돌보며 가까스로 하나가 된다. 가까스로 하나가 되어 당신과 나는 숭고한 농염함 속에 잠긴다.

하나 되기의 마법은 문장의 층위에서는 변형이다. 그것은 시간과 느낌의 소관이기도 할 것이다. 에드문트 후설은 이렇게 썼다. "느낌은 우리가 시간의 본래적인 의식으로 간주하는 것이다. 그리고 색 혹은 소리의 내재적인 통일성, 소망 혹은 기쁨의 내재적 통일성이 구성되는 것은 바로 이 느낌 안에서이다." 시인은 당신의 비밀에 한 발 다가서면서 당신이 간직한 파국의 서사에 궁금증을 가진다. 그리고 그것을 당신의 몸에 화인처럼 새긴 상처 속에서 발견한다. 당신은 '파국의 경험'을 상처로 온몸에 아로새긴 자였던 셈이다. 그리고 당신과 내가 하나가 되었을 때, 바로 그 찰나의 절정 속에서 당신은 온몸을 열어 파국 이후의 가능성을 언뜻 열어 보인다. 절망과 지옥의 깊이만큼 아득한 '가능성과 희망'의 길을. 유토피아는 당신이 기억하는 저 전생의 일이다. 시인에게 "당신의 전생을 기억하지 못"하는 것은 천형인 셈이다.(「렌트」) 시는 당신이라는 타인의 전생을 기억하는 작업이다.

어떤 시적인 대상이 실재적일 수 있는 이유는

그것을 '지각/인식'하는 '선험적인 의식의 구조'를 전제할 수 있는 '의식'이 있기 때문이다. 대상을 감관으로 받아들이는 방식은 육감적이고, 육감은 시간의 움직임 속에서 스스로 드러난다. 대상은 육감을 통해 음영을 지으면서 시인 앞에 올곧이 놓인다. 묘사는 기계적인 반복과 수학적인 계산을 통해 육감을 걸러내는 작업이다. '걸러내기'와 '짜 맞추기'는 스토리나 플롯의 소관이다. 조동범이 연작 형식을 띤 '산문 형식'을 전면에 내세워 한 권의 시집을 구성한 이유는 여기 있을 것이다. 그것은 다름 아닌 묘사에서 육감으로 나아가는 자신의 시적 행로를 선명하게 보여주려는 야심. 나는 지금 야심이라고 썼다. 커다란 시적 기획에서 '야심'을 읽는 것은 당연한 노릇 아닌가!

전생을 기억하는 감각이라? 후설은 또 이렇게 썼다. "감각은 시간이 드러나는 의식이다." 대상은 우리 앞에 실재하지 않는다. 왜냐하면 그것이 무엇이건 그것을 감각하는 '비실재적인 육감'이 앞서기 때문이다. 어떤 대상을 오롯이 그려 보이기 위해서는 '음영 짓는' 엄밀하고 수학적인 작업이 우선이다. 한 개의 사과를 그리기 위해서는 사과의 윤곽을 그리는 것보다, 사과의 표면에 얼룩진 명암을 헤아려서 셀 수 없이 많은 선을 그어야 한다. 사과와 공간의 경계를 뚜렷이 나누어 보여주기 위해서 사과가 만든 그림자와 사과를 둘러싼 그늘과 빛을 허다한 손놀림으로 붙잡아두어야 한다. 굴절과 반사가 일어나는 정도를 짚어내고, 각도와 위상을 계산하는 일은 수학적이다. 수없이 손목을 놀려 선을 긋는 일은 기계적이다. 희망을 톺아보기 위해서 절망의 밑바닥까지 내려갈 필요는 없다. 그것은 삶이 아니라 고행이다. 그러나 간혹 어떤 시는 그런 '즐거운 고행'을 기꺼이 자처하기도 한다.

시집 전체를 지배하는 길고 장중한 호흡, 간결한 쇼트 단위로 이어지는 낱낱의 작품들. 어쩌면 조동범은 이 시집이 이렇게 읽히기를 바라며 즐거이 작업을 끝마쳤으리라. 이제 시인의 여행은 끝났다. 그것은 여기 한 권의 '파국 여행 안내서'가 되어 우리 앞에 놓였다. 시집을 거울삼아 당신의 얼굴을 비춰보시라. 거기 무엇이 보이는가? 당신의 과거인가, 미래인가? 당신의 희망인가, 가능성인가? 언제나 길을 떠나는 자는 길을 응시하는 자다. 이 한 권의 시집을 거울 삼아 지금 여기 이 세상에 가로놓인 당신 자신의 길을 응시해보라.

문예중앙시선 43

금욕적인 사창가

초판 1쇄 발행 | 2016년 2월 29일

지은이　　| 조동범
발행인　　| 노재현
편집장　　| 박성근
마케팅　　| 오정일, 김동현, 한아름

발행처　　| 중앙북스(주)
등록　　　| 2007년 2월 13일 (제2-4561호)
주소　　　| (04517) 서울시 중구 순화동 1-170 에이스타워 4층
구입문의　| 1588-0950
홈페이지 | www.joongangbooks.co.kr

ISBN 978-89-278-0735-3 03810

■ 이 시집은 2014년 한국문화예술위원회의 아르코문학창작기금을 받았습니다.